J'AI CRU QU'ILS ENLEVAIENT TOUTE TRACE DE TOI

YOAN SMADJA

J'AI CRU QU'ILS ENLEVAIENT TOUTE TRACE DE TOI

roman

POINTILLÉS Belfond

Belfond | un département **place des éditeurs**

place
des
éditeurs

Je lui montre du sable amassé dans ma main, et je le prie, insensée que j'étais, de m'accorder des années égales en nombre à ces grains de poussière.

Ovide, *Métamorphoses*, livre XIV

1

C'est en avril 1994 que j'ai demandé à Dieu de divorcer.

A-t-il accepté ? Je crois qu'il ne m'a jamais répondu.

D'ordinaire, le printemps est une saison dorée. En avril 1994, il n'en fut rien. J'y ai vu un pays tout de vert, de terre et d'affliction vêtu.

La première impression se fait depuis le ciel. Je suis navrée pour les journalistes arrivés par la route, car leur a échappé ce que le Rwanda offre à la fois de plus singulier et de plus beau : l'enchevêtrement des collines, leur géométrie inachevée, tourmentée, d'une beauté à couper le souffle. La sensation d'une nature subjuguée. Une harmonie particulière naît de ce damier imparfait, elle témoigne de l'existence d'un dessein. J'ai cru y déceler quelque chose qui nous dépasse, au-delà du hasard, au-delà de la main de l'homme, bien incapable de façonner un ordonnancement si subtil, une magie semblable à l'alternance des saisons, à la rosée du matin, à l'espérance.

Irrésistible est le penchant des êtres pour le vernis, l'écume des choses ; au Rwanda, il avait brouillé notre vision. Nous avions ignoré les événements majeurs comme les signaux faibles. Ils n'ont, au creux des cœurs, dans le repli des âmes qui avaient prononcé le « plus jamais ça », à la face des vigies auprès desquelles nous avions fondé tant d'espoirs, rencontré aucun écho. On nous enseigne, pourtant, de nous inspirer de l'océan. Il est si éloigné du Rwanda, lui qui de tout temps méconnaît sa surface, néglige le vent, le vacarme des vagues, le ressac. L'écume. Car l'océan n'est que profondeur, le dessus ne lui importe pas.
Nous aurions dû comprendre ce qui se passait au Rwanda bien avant le printemps de cette année-là. Peut-être avions-nous tenté de ne pas voir, de nous rassurer. Peut-être avions-nous baissé la garde. Alors que les Rwandais et la communauté internationale auraient dû ne pas céder un pouce de terrain, ils avaient détourné les yeux, des années durant, face à l'hydre. Jusqu'au naufrage.
Le temps qui passe n'a sur nos vies que peu de prise. Les plus profondes blessures nous sont infligées en un éclair. Celles auxquelles on ne s'attend pas. Celles qui vous amènent à demander des comptes aux êtres que vous aimez passionnément. Celles qui finissent par vous séparer.
Disons que je me suis disputée – seule ; il ne m'a pas fallu beaucoup de temps pour le concéder.
C'est en avril 1994 que j'ai demandé à Dieu de divorcer.

Sacha Alona relisait ce texte écrit vingt ans plus tôt.

Après une pause forcée de quelques semaines à son retour – sa fuite – de Kigali, elle avait annoncé au rédacteur en chef du *Temps* qu'elle quittait les pages internationales du quotidien afin de se consacrer à la critique gastronomique. Il lui avait demandé de répéter. C'était à prendre ou à laisser.

En quelques mois, elle était parvenue à s'intégrer à ce cercle à la fois restreint et masculin, dont les papiers sont susceptibles de faire comme de défaire une réputation. Elle fit de la pâtisserie son domaine de prédilection. À mesure que sa plume s'affinait pour décrire l'équilibre d'une crème à l'orange, l'évidence de certaines associations, citron et girofle, rose et pistache, truffe et kadaïf, elle avait eu le sentiment de se dépouiller des réflexes de l'ancien temps. Ce que sa main gagnait en rêve et en émotion, elle avait le sentiment de le perdre en précision, en lucidité. En véhémence. Obstinée, talentueuse, elle ne fit jamais part de ses doutes ni de ses regrets. Elle avait troqué l'exaltation contre les rêves convenables et feutrés. À mesure qu'elle prenait du galon dans cet univers besogneux, ouaté, on oubliait qu'elle avait couvert par le passé quelques-uns des conflits les plus tragiques des années 1980 et 1990. Le grand reporter s'était fait critique gastronomique, et c'était devenu une passion. C'était devenu un refuge.

L'étonnement avait constitué le trait saillant de sa personnalité, dès l'enfance ; Sacha avait été une élève transportée par chaque cours, chaque visite de musée, chaque bribe de conversation captée. Si bien qu'elle ne sut comment s'orienter, craignant de passer à côté de quelque chose de captivant, de s'enfermer. Sa seule certitude fut qu'elle devait être là où l'Histoire se faisait, là où la foule des hommes, les soubresauts du temps lui semblaient remarquables. Elle intégra l'Institut d'études politiques de Paris avec le sentiment ambivalent que la chose publique était si vaste qu'elle devait englober tous les domaines et toutes les matières, mais était enseignée avec une hauteur telle qu'elle en oubliait le sort du citoyen, son quotidien. Elle se rendit à des conférences et négligea les enseignements, elle passa ses soirées auprès de militants politisés et omit de préparer ses examens. Elle n'éprouva jamais la moindre hésitation lorsque tel ou tel étudiant étranger, sur les bancs de la grande école, lui proposait de découvrir son pays. Elle fut de tous les combats, elle ne manqua aucun concert. Ses études ? Un courant d'air, sanctionné par quelques enseignants incapables de cerner cette frénésie émaillée d'absences, considéré avec le sourire par d'autres, bienveillants, attendris face à tant de souffle.

Alors que, tour à tour, les portes des cabinets ministériels, des centres de recherche et des grands groupes s'ouvraient devant ses amis, gestionnaires de leur propre carrière et déterminés à compter, Sacha, elle, voguait. Son diplôme en poche, tel un sésame et alors que la notion même de chômage de masse semblait inconnue, elle naviguait d'un emploi à un autre, d'une association à une autre, d'un continent à un autre, au hasard des rencontres et des propositions. Elle ne sut dire non à rien, toute à sa crainte de passer à côté de quelque chose.

Dès lors, elle excellait puis elle se lassait, éternelle débutante, appliquée, solaire, guidée par le désir incontrôlable qu'éprouvent ces jeunes gens auxquels le quotidien ne suffit jamais. Elle se plongea en chaque tâche avec obstination et avec passion.

Mais les emportements de la jeunesse sont comme la valse des sédiments, ils finissent par ralentir et par laisser derrière eux une mélancolie impalpable dont on peine à se défaire. C'est ainsi qu'elle se mit à écrire. Tout ce qu'elle vit. Tout ce qu'elle entreprit. Ses textes eurent pour titre l'énoncé du mois et du fait, brut. « C'est en mai 1982 que j'ai assisté à un enlèvement à Beyrouth ». « C'est en août 1980 que j'ai vu naître Solidarnosc ». « C'est en décembre 1986 que j'ai participé à l'inauguration du musée d'Orsay ».

Les mois, les années passèrent, et cette propension à s'émerveiller, à entamer chaque projet avec une fougue nouvelle, cette curiosité sans bornes que d'aucuns jalousaient furent progressivement perçues comme une faiblesse, une incapacité à se fixer. Ses amis se marièrent, les vies prirent des trajectoires différentes, elles cessèrent brusquement de se croiser. Le périmètre de l'existence s'était restreint. Le monde n'attend jamais.

L'indépendance est une forme de jouvence, on n'en prend conscience que lorsqu'on la perd. Les opportunités nouvelles se firent plus rares. Passé un certain âge, nos sociétés se méprennent quant à l'émerveillement : on le prend facilement pour de la naïveté. Il lui fut rétorqué que son CV n'était pas assez « lisible », qu'elle n'était pas assez « spécialisée ». Empreinte d'une nostalgie qui ne la quitta plus, elle conta ses errances professionnelles, les difficultés, la rugosité d'un temps nouveau. « C'est en janvier 1987 que j'ai perdu ma liberté ».

On l'appela à son domicile.

— Madame Alona ?

— Oui ?

— Bernard Witz, rédacteur en chef du *Temps*. Les papiers que vous nous envoyez depuis des mois n'offrent que peu d'intérêt. Je devrais d'ailleurs vous demander d'arrêter.

— Dans ce cas, pourquoi ne le faites-vous pas ?

Un silence.

— Parce que l'agencement de vos mots a quelque chose de délicat.

— Dans ce cas, pourquoi n'offrent-ils que peu d'intérêt ?

— Parce que si vous avez la prétention d'être journaliste, ce n'est pas de vous que vous devez parler, mais des autres.

— Dans ce cas, comment fait-on ?

— Vous commencez par venir me voir demain à 8 heures.

La conversation avait duré moins d'une minute. Le lendemain, Bernard Witz lui avait dit :

— Je déteste cette nouvelle manière de s'appeler par son prénom, et je n'ai pas le temps de donner du « monsieur-madame » à mes journalistes. Cela vous pose un problème, Alona ?

Ça n'en avait pas posé.

Le journalisme de guerre vint assez vite. Comme une évidence. La tension, la raideur.

Ses articles se firent aussi rares qu'espérés, quoi qu'elle ne cherchât jamais à susciter l'adhésion ou la bienveillance ; pas même la reconnaissance. Pour atteindre la masse critique d'éléments, d'informations nécessaire à la rédaction d'un reportage, fidèle à elle-même, elle bouillonnait. Lorsqu'il s'agissait d'écrire, elle contait. Pour peu que Bernard Witz accepte ses papiers, et il n'en avait écarté aucun, elle disposait du nombre de colonnes qu'il lui fallait. Ce n'était plus du quotidien, c'était du magazine. Elle prenait son temps, insensible aux impératifs de bouclage, de place, étrangère à l'urgence. L'actualité la laissait indifférente.

Bernard Witz avait rapidement compris comment Sacha travaillerait. Il lui disait : « Alona, tu pars pour Sarajevo », conscient que cette phrase n'impliquait aucune limite de temps, aucune restriction d'espace. On ne pouvait être certain qu'elle resterait là où l'avion la déposerait initialement. On ne savait jamais quand elle serait de retour. Elle s'envolait, libre, douée d'une faculté rare : la capacité à percevoir le monde avec les yeux de l'autre. Inébranlablement convaincue que la matière dont se compose l'homme est si fragile, si fluide, que l'écoute ne peut que la révéler. Witz attendait d'elle qu'elle raconte les villes, qu'elle en rapporte le crépuscule, les instants précieux et, à travers eux, les affres de l'homme, l'aspérité des âmes, le battement des cœurs.

« C'est en avril 1994 que j'ai demandé à Dieu de divorcer ». Cette habitude de titrer ses papiers ainsi ne l'avait pas quittée. Personne ne savait comment elle était parvenue à convaincre Bernard Witz de la laisser en faire une marque de fabrique si personnelle. Avec cet article d'avril 1994 prit fin la carrière du grand reporter sur zones de guerre. D'aucuns auraient approfondi leur engagement, auraient rejoint des organisations de défense des droits de l'homme, de promotion de la paix. Sacha eut pour seule obsession d'adoucir le chaos. La pâtisserie, croyait-elle, aurait cet effet.

Plus de vingt années s'étaient écoulées. Rien ne pouvait être effacé. Surtout depuis ce lundi d'avril 2017 où elle avait découvert dans sa boîte aux lettres un léger colis passé par différentes adresses avant de lui parvenir. Le nom de l'expéditeur n'était pas mentionné. Installée comme chaque matin à la terrasse du café Charlot, elle en défit l'emballage. Il contenait une enveloppe et un carnet à rabats de taille moyenne. Son cuir, noir, était de bonne facture mais sale, élimé. Par endroits, il était comme enfoncé. Sacha passa la main sur le dessus, puis sur la tranche. Compte tenu de l'usure, le carnet avait dû être manipulé des centaines, peut-être des milliers de fois. Les pages étaient d'un blanc passé, certaines étaient tachées. L'écriture était douce, aérée ; les mots avaient été tracés de manière méticuleuse, presque scolaire. C'était une succession de lettres. Elle ne comprit pas, au début.

Puis elle ouvrit à nouveau le carnet, fit défiler les feuillets. Elle sentit sa gorge se nouer, les battements de son cœur accélérer. Tourna les pages. Emplit ses narines du parfum qu'il renvoyait. Elle y distingua un léger arôme de vanille. Ou peut-être n'était-ce que son imagination ? La dernière lettre datait du printemps 1994. Du côté droit, une fleur avait été tracée dans le cuir.

Cette fleur.

Il n'y avait plus de doute. Elle avait entendu parler de ce carnet vingt ans plus tôt. Sacha saisit l'enveloppe qui l'accompagnait. Un courrier dont l'écriture était la même que celle du carnet et portant l'en-tête de l'université du Rwanda lui était adressé. Une photo en noir et blanc y était jointe.

Sacha lut le texte. Elle déposa quelques pièces sur la table pour régler son café puis remonta vers son appartement.

Elle passa un coup de fil à New York.

Daniel,

Je n'étais pas une enfant comme les autres. Ma mémoire me joue des tours. De ma prime jeunesse, je n'identifie rien de précis sauf peut-être quelques senteurs, quelques impressions, le vent qui froissait les feuilles des arbres. La balançoire constitue mon premier réel souvenir. Je devais avoir entre sept et huit ans, c'était un printemps, peut-être de l'année 1985. Le parc de la résidence de l'ambassadeur de France était si vaste qu'une parcelle de terre fut octroyée à mes grands-parents, employés comme jardiniers, à l'extrémité de celui-ci. Une petite maison y fut construite et une porte d'entrée, percée à travers le mur d'enceinte, permit un accès indépendant.

Nous vivions dans le contraste permanent : une maison d'aspect fragile, nichée derrière un parc opulent. Des orchidées blanches parées de bleu et de points violets poussaient en corolle sur la gauche de la maison. Des centaines de lobélies, rouges et lavande, envahissaient des paniers tressés ornés de lignes noires, des pots de terre et des vases laissés à même le sol, amassés dans un jardin aux allures de brocante fleurie.

Et puis surtout, il y avait les lys, les fleurs fières et odorantes de nos matins. De longues tiges et feuilles vertes au bout desquelles ils se dressaient, blancs et purs, roses et pailletés, parfaitement orgueilleux et conscients, aurait-on dit, qu'ils étaient ce que la terre fait naître de plus beau.

Mon père avait placé une échelle, adossée à la maison, pour que nous puissions observer la ville et les collines, en contrebas.

Un saule dominait l'espace de sa masse émeraude, métallique. Ses lourdes branches pendaient, parfois animées de mouvements amples. Une table de bois chancelante était posée à l'abri de l'arbre, de son tourment. Ma mère servait là un thé très sucré, noyé de lait. Je me souviens que mes parents s'y installaient souvent, sur deux chaises dont le métal écaillé s'enfonçait dans la terre, sans échanger un mot, assis l'un à côté de l'autre, les doigts entremêlés, le regard tendu vers les feuilles du saule qui bruissaient au gré des courants de l'air, une aquarelle aux mille teintes de vert.

À droite de la porte d'entrée était planté un ficus de deux mètres de hauteur. Le père de Papa l'avait mis en terre, alors que ce n'était qu'une jeune pousse, à sa naissance. Plus personne au Rwanda ne plante d'arbre à la naissance d'un enfant, mais les anciens continuent d'en parler comme du plus beau geste qui puisse être fait à l'égard du ciel et envers la terre. À mi-chemin de la croyance et de la tradition, l'arbre de mon père veillait près du pas de la porte, comme un livre dans une bibliothèque, comme un ancêtre au milieu d'une dynastie inébranlable, comme un morceau de Rwanda dans un pays évangélisé et privé de son propre Dieu.

Mes parents baignaient dans cette atmosphère paisible et arrimée au temps qui passe, comme si leur vie s'était déroulée tout entière à l'heure semble-t-il sans fin, étrange et rosée, qui sépare le jour de la nuit, le soleil de la pénombre.

Mes parents échangeaient des paroles aussi rares que les sourires qu'ils se lançaient étaient fréquents. Peut-être pour ne pas me blesser, je ne sais pas.

Mon père a installé une balançoire sous le saule, avec l'aide de Théodose, autorisé à faire entrer sa vache dans la résidence puisque c'était notre parcelle. Après avoir planté les lourdes barres de métal à même la terre puis fixé une corde à la poutre supérieure, mon père a couru dans la rue pour appeler les enfants du quartier.

Tous, ils sont arrivés, polis et éclatants de joie, tentant d'effacer de leurs mains sales les plis des chemises et les traces de terre des pantalons. Laurent, Marie et Pancrace étaient là. Un autre enfant, plus âgé, presque un jeune homme, était là aussi. En file indienne, heureux, ils se sont postés devant la balançoire, espérant que Théodose finirait de la tester.

— Laisse-nous la place, tu vois bien qu'elle tient ! a lancé l'enfant que je ne connaissais pas.

Théodose n'est pas descendu de la balançoire ce soir-là, arguant d'un air exagérément professionnel, un peu trop assuré, qu'il fallait en vérifier la solidité, pour la sécurité des petits. Les enfants sont restés à le regarder dans le jardin, hilares et envieux. Ma mère a préparé un plat d'aubergines, de manioc et d'épinards, servi avec quelques brochettes de viande grillée. De la bière pour les adultes, du Fanta pour les enfants.

Papa avait invité l'ambassadeur de France à se joindre à eux. Le diplomate l'aimait bien. C'était un grand homme très courtois, qui s'adressait aux enfants comme il s'adressait aux adultes. Il s'installait souvent à côté de mon père, sur l'une des deux chaises métalliques du jardin. À part Maman, il était le seul à y prendre place. Les deux hommes pouvaient s'y entretenir des heures durant.

Les enfants sont restés et se sont mis à imiter le grincement de la balançoire à chaque fois que bougeait Théodose, qui se rafraîchissait d'une Primus. C'est ce soir de printemps, alors que ce son ne parvenait pas à sortir de ma gorge au même moment que les autres enfants, que j'ai vraiment compris ce que signifiait être muette. Entendre les autres enfants sans y penser, puis les écouter. Les entendre à nouveau. Et ne jamais parler. Aucun son, aucun de ces rires sonores ne sortirait jamais de ma bouche.

Théodose s'est endormi sur la balançoire. Puis il en est tombé. Pancrace, Fanny et les autres ont ri aux larmes. Sous les branches du saule pleureur, je n'ai pas pu les imiter. J'ai préféré ne plus regarder. Alors, l'enfant inconnu s'est approché de moi et a soufflé :

— Je sais que tu ne peux pas parler, mais pourquoi ne souris-tu pas ?

J'ai esquissé quelques signes en agitant les bras : « J'aurais voulu être comme vous. » Ou du moins, c'est ce que signifiait le va-et-vient rapide de ma main entre lui et moi. Le jeune garçon a souri.

Mes poumons se sont emplis d'un air parfumé et heureux. Depuis, chaque matin et chaque soir, mes narines recherchent ce parfum précieux. Aucun son n'est sorti, mais, finalement, j'ai souri.

— Je vais te dire un secret : tes yeux parlent bien plus que toutes les bouches de Kigali réunies.

Le jeune garçon a sorti un couteau de sa poche et, en s'approchant du mur d'enceinte de la résidence, y a déposé le dessin d'une fleur.

Si même j'avais pu parler, Daniel, je ne sais ce que je t'aurais répondu ce jour-là. Aujourd'hui, alors que je me remémorais notre rencontre, j'ai regretté que mes yeux ne parviennent pas à te trouver. J'aimerais, sous le saule pleureur, qu'ils rient près de toi.

Tu me manques.

Rose

2

— Alona, tu pars en Afrique du Sud.

— Mais ce n'est pas la guerre…, fut la seule chose que Sacha trouva à répondre.

Lorsque Bernard Witz l'appela ce 1er avril 1994, Sacha se représenta une série de reportages consacrés au renouveau démocratique consécutif à la fin de l'apartheid. Une moitié de siècle plongée dans la ségrégation, ramassée en une dizaine d'articles expédiés à intervalles réguliers depuis une de ces chambres d'hôtel sans âme, standardisées. À croire que les chaînes internationales s'étaient fixé comme but ultime la recherche du pareil, du nivellement : boissons de minibar et dessous de verre imitation dentelle identiques, mêmes canapés, lampes de chevet et peintures fades, édition des Évangiles reliée de bleu et recouverte de lettres aux reflets dorés, cachée dans le tiroir de la table de nuit, pareille en plein cœur de Paris ou au beau milieu d'une guerre de tranchées.

Plonger dans un conflit armé procure une montée assez nette mais indescriptible d'adrénaline : l'action est là, à portée de main. À l'inverse, parcourir à quelques semaines des élections générales les banlieues du Cap, de Johannesburg et de Pretoria, les quartiers d'affaires, les bâtiments publics, les villages de campagne et les capitales du Swaziland, du Lesotho ou de la Namibie – « si tu as le temps, Alona, parce que tout le monde s'en fout » –, poser les mêmes questions à l'évident panel représentatif des Noirs, des Blancs, des jeunes, des vieux, des patrons et des sans-abri sud-africains étaient autant de perspectives qui la laissaient de marbre et qu'elle refusait habituellement.

Sacha avait accepté, craignant l'ennui, elle qui avait le sentiment de tourner en rond depuis son retour de Kaboul, un mois plus tôt.

Elle s'engouffra dans la voiture d'un chauffeur de taxi qui, sur la route de l'aéroport, prit le temps de lui expliquer pourquoi sa profession était composée de canailles, quels chiffres jouer au prochain tirage du Loto au vu des derniers numéros gagnants, comment les agences de renseignements américaines et israéliennes s'adonnaient au trafic d'organes chinois – des yeux, plus particulièrement – pour satisfaire la demande occidentale et pourquoi, surtout, il ne faudrait jamais se fier aux femmes que Sacha rencontrerait lors de ses reportages en Afrique du Sud, où, paraît-il, les Noirs avaient « foutu le bordel le plus indescriptible de l'Histoire ».

Sacha songea à appeler Bernard Witz à son arrivée à l'aéroport pour lui proposer un reportage consacré au regard des chauffeurs de taxis parisiens sur les affaires internationales, mais elle aperçut la silhouette flottante de Frédéric Larrieu au milieu du hall des départs. Rencontré quelques années plus tôt à Sciences-Po, Frédéric était devenu l'un de ses plus proches amis. Au sortir de la grande école, il avait poursuivi ses études à l'ENA puis avait passé le concours du cadre d'Orient du ministère des Affaires étrangères.

En 1984, il avait été nommé conseiller culturel à l'ambassade de France à Kaboul. Durant le mandat de ce russophone accompli, auteur d'une thèse sur les assassinats politiques dans l'URSS de Staline, les inaugurations de bibliothèques et de centres culturels à Kaboul eurent lieu à une fréquence relativement discutable.

La tâche officielle de Frédéric Larrieu consistait à transmettre au Quai d'Orsay les rares informations délivrées par quelques officiers communistes fatigués d'essayer de mater un peuple qui décidément ne voulait pas se voir imposer le bonheur socialiste. La conséquence fut qu'il se mit à entretenir des contacts réguliers avec d'importants gradés russes, toujours très au fait des orientations militaires définies par Moscou. L'Afghanistan étant à la porte du Moyen-Orient, les activités soviétiques dans la région étaient systématiquement analysées. Le conseiller culturel jonglait en permanence avec les fax, les télégrammes diplomatiques, les réunions de correspondants de l'Alliance atlantique, les exposés militaires aux officiers alliés de passage à Kaboul. Il était lui-même appelé à rentrer à Paris pour briefer ses correspondants français, anglais ou américains des services de renseignements ou des armées.

À la fin de l'année 1988, un officier que Frédéric Larrieu voyait régulièrement lui fit comprendre que l'URSS ne se portait pas aussi bien que ses dirigeants le laissaient entendre. Constamment privés du matériel qu'ils commandaient, les soldats de l'Armée rouge étaient sous-équipés, les visites officielles des dirigeants systématiquement reportées. Frédéric eut le sentiment qu'un changement historique était en cours. L'Union soviétique pourrait ordonner le bombardement de toutes les provinces afghanes, lancer un nombre incalculable de fusées jusque sur Saturne, cela n'y changerait rien.

Personne, au ministère des Affaires étrangères, ne croyait un traître mot de cette information en provenance des militaires soviétiques. Si l'URSS menaçait le monde libre de plusieurs milliers d'ogives nucléaires, c'est que l'URSS existait bel et bien. Il fut décidé à la chancellerie d'ignorer cette manipulation destinée à endormir la vigilance des démocraties occidentales.

Seul Frédéric Larrieu se rallia à cette hypothèse. Corps et âme. Il rédigea un certain nombre de rapports recommandant deux nouvelles orientations : le soutien aux milices antisoviétiques en Afghanistan devait être accentué ; les opérations censées chatouiller les pieds du géant communiste devaient s'employer désormais à gangrener ses membres. Ses rapports furent envoyés sans aval hiérarchique particulier à tout fonctionnaire capable de lire un fax dans un périmètre allant de l'Élysée à Matignon.

Cependant, l'URSS continuait d'exister. Il fut demandé au jeune diplomate de refréner ses ardeurs et de cesser de tabler seul contre tous sur l'effondrement du bloc soviétique. Accessoirement, on le pria aussi de ne plus encombrer les lignes de fax du corps diplomatique.

Aussi, lorsque l'URSS cessa d'exister, quelques mois plus tard, pria-t-on Frédéric Larrieu d'expédier ses activités culturelles pour rejoindre le cabinet du ministre des Affaires étrangères. « Toutes affaires cessantes », lui avait-on dit. De conseiller auprès du ministre, il devint à trente et un ans le patron du centre d'analyse et de prévision du ministère et, deux ans plus tard, directeur de cabinet.

Sacha Alona et Frédéric Larrieu se retrouvaient sur un constat simple : la démocratie est un édifice fragile qui, comme l'amour, n'atteint jamais au statut de réalité évidente et pérenne mais repose sur des fondations qu'il s'agit d'entretenir, par le renouvellement fastidieux des preuves de démocratie que sont le vote, le contrôle de constitutionnalité, la séparation des pouvoirs, la liberté de la presse.

« Il n'est pas de grands hommes sans vertu ; sans respect des droits, il n'y a pas de grand peuple », écrivait Tocqueville, et Sacha s'était approprié la formule. Au citoyen le rôle de vigie. La démocratie gagnait sa réalité dans le respect scrupuleux des libertés individuelles et l'appropriation par l'ensemble des citoyens, individualités simples et corps constitués, de la chose publique. Pourtant, jamais Sacha n'avait désiré devenir elle-même l'un des rouages des cabinets ministériels, des commissions, des partis. Une fois que l'on avait plongé la main dans cet engrenage, il était aisé d'y laisser sa peau. Au mieux, on se coupait de toute réalité ; au pire, on se mettait à considérer le cénacle politique comme un monde à part entière, dont les impératifs et le calendrier primaient sur ceux de toute la société.

Frédéric Larrieu devait prendre un avion quelques instants après celui de Sacha. Elle le remercia d'avoir accéléré la délivrance de son passeport.

— Et donc, l'Afrique du Sud ?

— Le Cap, dans un premier temps. Non sans une pointe d'appréhension.

— Tu devrais surtout rappeler à ta rédaction que l'Afrique du Sud est en paix désormais, ce n'est pas un reporter de guerre qu'il faut y envoyer.

— D'où la pointe d'appréhension. À croire que les hommes ne se font plus la guerre, qu'il n'y a plus de conflit à couvrir. Et je me demande bien si le lecteur moyen s'intéresse tant que ça à l'Afrique du Sud.

— C'est là que tu entres en scène, ma chère.

— C'est juste que… je ne suis pas certaine de savoir comment m'y prendre dans ce genre de contexte. Pas de fixeurs rompus aux situations de crise, pas de gilet pare-balles, pas d'hommes armés aux quatre coins de la ville…

Elle haussa les épaules. Il lui sourit.

— Tu trouveras toutes les accréditations nécessaires à notre ambassade du Cap. Si tu as besoin de quoi que ce soit sur place, fais-le-moi savoir.

— Et toi, où vas-tu, cette fois ?

— Au Rwanda. Le ministre souhaite convaincre Habyarimana de mettre en œuvre les accords d'Arusha. Je rejoins notre ambassadeur à Kigali ; nous rencontrerons le président à son retour de la conférence régionale, en Tanzanie.

Sacha lui déposa un baiser sur la joue.

— Au fait, tu seras joignable là-bas ?

— À l'ambassade. Fais bon voyage, j'attends de te lire avec impatience.

Sacha prit congé. Un sourire nerveux aux lèvres, elle se dirigea vers le comptoir d'enregistrement de la compagnie. Le détachement que ses proches lui connaissaient n'était que de façade. Elle éprouvait de l'anxiété à chaque départ. Elle n'estimait pas que l'expérience accumulée garantissait la qualité des reportages à venir. Elle ne connaissait aucune zone de confort. Chaque destination engendrait une remise en question absolue. Elle ne cédait jamais aux tentations de la confiance. Elle s'était faite agnostique, dubitative, avait appris à prendre du recul, à se désintéresser de ses propres émotions, à opérer un pas de côté en toute circonstance. Seule subsistait sa curiosité infinie. Appréhender un événement, observer, recueillir les informations régulières auprès des sources les plus fiables, ne pas se contenter des dépêches d'agence, éveiller par ses textes le sentiment d'alerte ou d'empathie, ajuster le poids des mots aux situations observées : chaque ligne était un défi. Sacha craignait son métier, et c'est pour cela qu'il la passionnait, évident processus d'accoutumance à l'inconfort, à la tension.

Dans la file d'attente, elle crut reconnaître quelques journalistes. Elle ne se mêla pas à eux. Le vol Air France que Sacha empruntait durerait une douzaine d'heures. Cela lui suffirait pour parcourir les quelques livres qu'elle avait emportés. Seule perspective réjouissante : à son arrivée, elle devait retrouver Benjamin Thomas, un photographe stationné en Afrique du Sud, employé par une agence française indépendante. *Le Temps* faisait régulièrement appel à ses services. Elle avait déjà travaillé avec lui en Somalie au cours de l'opération *Restore Hope*. Elle ne connaissait pas Le Cap.

Elle avait hâte que l'avion atterrisse.

***

Les formalités d'usage furent expédiées. Son bagage récupéré, Sacha retrouva Benjamin dans le hall des arrivées. Le photographe avait loué une Ford Sierra pour le compte du quotidien. Ils quittèrent la zone de l'aéroport en direction de l'hôtel. Sur la route longeant les docks Ben Schoeman, la journaliste observa un ballet étrange. Lorsque la distance entre les véhicules le permettait, des passants tentaient de franchir la voie rapide, au mépris du danger, ignorant les appels de phares des voitures particulières et les avertisseurs des poids lourds, forcés parfois de dévier pour les éviter. Jeunes hommes pour la plupart, ils risquaient leur vie pour contourner les échangeurs et gagner quelques dizaines, quelques centaines de mètres. Une roulette russe. Sacha se félicita de ne pas avoir à conduire dans ces conditions.

La nuit tombait, cela donnait à l'horizon une indescriptible teinte d'heureuse fin du monde. Sacha se dit que Dieu devrait laisser les morts de la journée voir leur dernier coucher de soleil. Le monde eût été exagérément chronométré, mais il deviendrait tolérable de fermer les yeux après que l'ultime quartier de lumière aura plongé en mer et inondé la surface de rayons étincelants. Un Afghan sans âge qui insistait toujours pour suivre le convoi de *moudjahiddin* que Sacha accompagnait à la fin des années 1980 lui avait dit que les hommes aiment l'heure du crépuscule car elle est la seule qui leur permette de regarder l'astre droit dans les yeux, sans qu'il les brûle. Bref moment d'égalité avec le Soleil, avant de chaque jour redevenir vulnérable.

Trois coups de klaxon tirèrent Sacha de sa torpeur. Benjamin se cramponnait au volant ; il écrasa la pédale de frein. Sacha eut le temps d'apercevoir trois jeunes gens franchissant la barrière qui longeait la voie rapide. Le poids lourd qui précédait la

Ford Sierra les frôla puis freina si brusquement que la remorque mordit sur la bande d'arrêt d'urgence. Benjamin manqua de quitter la chaussée. La voiture s'encastra dans l'arrière du camion. Un fracas indescriptible retentit. Benjamin vint s'aplatir contre le volant. Le pare-brise explosa. La tôle se plia sous l'effet du choc. Une douleur aiguë saisit Sacha à l'estomac. Des dizaines de billes de verre atterrirent dans l'habitacle du véhicule. Les portes arrière du Freightliner s'ouvrirent et s'abattirent lourdement sur la Ford Sierra avant que Sacha ne perde connaissance.

Daniel,

Matin, midi et soir, depuis de si longues années, mon père, qui n'avait quitté cette résidence que pour effectuer son perfectionnement, veillait à ce que les ambassadeurs de France qui se succédaient en cette demeure, leur épouse, leurs enfants, leurs convives, jouissent de la « meilleure table d'Afrique subsaharienne », un compliment qui lui avait été fait par un ministre de passage.

Mon père grandit dans cette maison mais il se désintéressa rapidement des travaux de jardinage qu'effectuaient ses propres parents et auxquels il était destiné. C'est captivé par le parfum des orangers, des manguiers et de la vanille qui poussaient dans la résidence qu'il demanda l'autorisation de travailler en cuisine. Il fut affecté à la plonge et n'osa réclamer mieux, le simple fait d'être en ce lieu le comblait de bonheur. De longs mois passèrent, la fête nationale fut célébrée, c'était le 14 juillet 1986. Un maître d'hôtel vint à faire défaut, on demanda alors à mon père de revêtir ce vêtement que portent les garçons de café et de circuler entre les convives avec quelques-uns des plateaux de petits-fours préparés pour l'occasion.

À la fin de la soirée, alors que seuls restaient l'ambassadeur, sa famille et les employés de maison, mon père ne put résister à la tentation de goûter à un baba au rhum auquel personne n'avait touché. Le chef d'alors, un homme intransigeant mais bon, qui était surtout capable de différencier les goinfres des gourmands, surprit mon père en ce moment d'extase. Amusé, il prit un air pincé en lui demandant ce qu'il faisait là. Mon père se mit au garde-à-vous, convaincu d'avoir commis l'irréparable, mais ne répondit pas. Le chef réitéra sa question et, devant le silence de mon père, il lui demanda de quitter la cuisine, de ne plus y revenir. Il me raconta plus tard que les mots sortirent d'un coup :

— Chef, si vous me chassez, laissez-moi en goûter un dernier !

Il n'eut pas le temps de rougir de son audace qu'il entendit le chef hurler :

— Alors mettez-y la chantilly à la vanille, bon sang !

Le chef de la résidence était un cuisinier doté d'une passion débordante, irrésistible. Un portrait d'Auguste Escoffier – nous ne sûmes que bien plus tard de qui il s'agissait – trônait dans la pièce qui lui servait de bureau. Ses livres, constamment ouverts, étaient éparpillés dans ce qu'il appelait son « domaine », cette zone s'étendant de manière relativement mouvante entre la cuisine, la salle à manger privée de l'ambassadeur, les lieux de réception, le jardin, l'économat et les espaces de service ; en bref, toute la résidence de France.

Originaire de Lyon, fils lui-même de restaurateurs, il avait souhaité poursuivre des études de cuisine puis intégré les brigades de la Mère Brazier et de Bocuse. S'il avait exercé dans de nombreux établissements, il considérait son passage par l'Auberge du pont de Collonges comme l'apogée de sa carrière. Il notait minutieusement chacune des recettes auxquelles il contribuait, qu'il fût commis ou chef de partie : fonds d'artichaut au foie gras, rougets en écailles de pommes de terre, gratin de queues d'écrevisse, carré d'agneau rôti à la fleur de thym, fricassée de volaille de Bresse à la crème et aux morilles.

Il connut d'autres succès, pourtant, et la vie le mena vers d'illustres maisons. Méticuleux, affairé mais doté de peu d'imagination, il consacrait chaque heure du jour à la cuisine, à la maîtrise parfaite des cuissons, à la reproduction des classiques. Il vénérait le service au guéridon, les découpes franches, face aux clients. Il déplorait le détour que certains faisaient prendre à la cuisine en la cantonnant à l'addition esthétique d'ingrédients posés les uns à côté des autres, abandonnant les sauces, les réductions, les bouillons, liants inséparables de la table française. Il s'essaya à la pâtisserie, patient, soucieux d'apprendre, conscient que ce domaine a quelque chose de plus exigeant, de plus rigoureux, qu'il est moins docile aux compromis et que les assemblages ne prendront jamais le dessus. Comme pour la cuisine, il appréciait plus que tout les classiques découverts dans ses restaurants d'initiation : le président de Bernachon, l'omelette norvégienne flambée avec des marrons et du cassis de Bourgogne, l'ambassadeur aux fruits confits et à la génoise imbibée de Grand Marnier, le baba au rhum.

En décembre 1982, il lui fut proposé de devenir second de cuisine au Grand Véfour. Il entra pour la première fois dans une maison parisienne, en partie conquise par le Sud-Ouest ; on y servait une mayonnaise de volaille, une fricassée de poulet à la Marengo, du pigeon farci de foie gras au cognac, du parmentier de queue de bœuf aux truffes. Un an après, le restaurant fut frappé par un attentat. Le chef ne fut pas blessé, mais cet événement eut sur son existence un effet d'une violence si aiguë qu'il voulut « prendre du champ » – c'était là son expression.

Il n'avait jamais quitté la France, jamais franchi de frontière, il n'avait pas même de passeport. Un ancien collègue avait rejoint une ambassade, il se surprit à s'enquérir des postes de chef libres dans le réseau diplomatique auprès du ministère des Affaires étrangères. Il rejoignit la résidence de France à Kigali, seule option proposée, sans se poser de questions. Il s'y plut et ne s'en étonna pas.

Il se sentit investi d'une mission importante, celle de veiller à la qualité de ce patrimoine vivant que sont la cuisine et la pâtisserie françaises, à maintenir leur rang, à alimenter leur aura à l'étranger. Diplomates, expatriés en tous genres, personnels civils des Nations unies, officiels rwandais : tous se pressaient désormais autour du chef. Aux gens de passage, il offrait le sentiment qu'ils n'avaient pas quitté le territoire français. Aux expatriés, il donnait à redécouvrir le parfum étourdissant d'un œuf en meurette, la finesse insaisissable d'un turbot au champagne, le goût délicat d'un saint-honoré à la crème pralinée.

Lui qui semblait par le passé souffrir d'un manque de créativité avait multiplié les canaux d'approvisionnement, savait se fournir auprès de producteurs locaux, tentait de subtiles substitutions pour pallier le manque de certains produits, guettait les allées et venues de hauts fonctionnaires, les convainquait de lui rapporter de la truffe noire de Richerenches, des asperges d'Uzès, des noix du Périgord. L'arrivée régulière de la valise diplomatique constituait pour lui une bouffée d'oxygène, non parce que la France lui manquait, mais parce qu'il ne concevait pas son métier autrement que dans le sublime, la perfection. Certains plats pouvaient s'accommoder d'entorses réfléchies, pesées, mais enfin, tout de même, on ne transige ni avec l'origine des gibiers ni avec le beurre d'Échiré.

L'homme ne se considérait pas plus comme un artiste que comme un magicien. Il était tantôt un ouvrier, tantôt un alchimiste. L'ambassadeur de France s'en amusait autant qu'il s'en enorgueillissait. Le chef avait carte blanche ; on se jugeait déjà assez chanceux d'avoir un disciple de Bocuse à Kigali, on n'allait pas le frustrer.

— Alors mettez-y la chantilly à la vanille, bon sang !

Mon père resta les bras ballants. Le chef saisit deux assiettes à dessert, y passa un coup avec le bas de son tablier. Il déposa en leur centre, délicatement, deux babas ; ils étaient brillants, glacés. Sur le côté, une cuillerée d'œufs à la neige. Il saisit deux petites fourchettes dorées, frappées des lettres de la République, il en tendit une à mon père et il lui montra comment il convenait de le manger. On découpait un morceau de baba et on emportait un nuage d'œufs à la neige : il fallait impérativement que ceux-ci touchent la langue avant le gâteau.

— Vous avez déjà vu La Soupe aux choux, *le film avec de Funès ?*

— Non, chef.

— Alors croyez-moi, un bon baba, c'est comme la soupe aux choux, ça vous fait des « gentillesses dans la tête ».

Mon père ne le quittait plus des yeux.

Et il ne le quitta plus tout court. Le chef en fit un commis – ils étaient si peu nombreux, à ses côtés, en cuisine, que la hiérarchie semblait toute surfaite, mais il n'était pas question de dire à ce jeune homme qui n'avait pas le niveau d'un apprenti qu'il était davantage qu'un préposé aux découpes.

Pendant près de deux ans, mon père disparut. Je ne le voyais qu'en de très rares occasions. À la différence d'un restaurant, une résidence d'ambassade ne connaît jamais de temps morts. À l'aube, le chef et lui confectionnaient des pains, des croissants, des chaussons fourrés à la pomme rôtie, servaient des confitures, des pâtes de noisettes et de chocolat, coupaient des ananas frais, pressaient des agrumes. Dans la matinée, on faisait le point sur les approvisionnements, on préparait les menus des jours à venir, on guettait les produits des marchés, on échangeait avec les chefs des hôtels de luxe de toute la région, jusqu'en Afrique du Sud, pour se procurer des fruits rouges, des abricots, du cédrat, des coings. Puis, dès que l'ordonnancement des événements qui rythmaient la vie de l'ambassade le permettait, le chef enseignait à mon père, consciencieusement, les fondements de la cuisine française. Plus exactement, il contraignit mon père à travailler les fruits et les légumes de production locale :

— On ne va quand même pas apprendre à faire une fricassée de pleurotes si vous ne savez pas ouvrir une gousse de vanille proprement.

Ils travaillèrent l'avocat, le tilapia, la pomme de terre, les oignons, les aubergines et les haricots. Ils firent sécher des poissons, ils marièrent la patate douce à la crème fraîche. Puis, progressivement, les techniques, les méthodes, les cuissons furent révélées à mon père. On tamisait, on écumait, on réservait. On ne confondait pas la découpe de la julienne avec celle de la mirepoix. On dosait le beurre, la crème, le vin. On veillait à la densité et à la température du soufflé. On étudiait l'emploi propre des aromates. On montait des œufs en neige, on préparait des farces, des mousselines, des veloutés. On tournait des champignons, on choisissait des pommes golden pour la tarte Tatin, des cerises burlat pour le clafoutis. On distinguait les produits nobles des ingrédients communs. On saisissait les assiettes par le dessous, on veillait à ce que les tabliers soient immaculés. Il fut enseigné à mon père que seule la première bouchée d'un plat importe : si la crème d'un saint-honoré ne vous a pas transporté dès le premier chou, la recette a échoué. Au contraire, si vous êtes saisi par le réflexe de fermer les yeux pour mieux capter la subtilité du goût, alors le rêve s'installe et le désir de retrouver la sensation vous hantera. Au fond, ce qui importait, c'était la longueur en bouche. Le soir, après le service, ces deux messieurs poursuivaient leurs leçons, inlassable enseignant, infatigable élève, insensibles au temps qui passait, sourds aux grondements du dehors.

Mon père vécut des années heureuses, il apprit à connaître des produits qu'il ne vit jamais, le chef lui en ayant enseigné les attributs, la manière de révéler leurs saveurs, les secrets de leur cuisson. Ma mère fut parfois réquisitionnée pour aider aux menus travaux.

Après quatre années à Kigali, un dimanche matin, le chef vint s'asseoir sur l'une des chaises de métal de notre parcelle. C'est la première fois que je le voyais ici. Il portait un costume léger. Mon père se mit près de lui. Nous les observions, ma mère et moi, depuis la fenêtre de notre maison de vanille.

— Mon cher ami, ne passons pas par quatre chemins. L'ambassadeur va être prochainement muté, il m'a demandé de le suivre et j'ai l'intention d'accepter.

La mine grave, mon père l'écoutait. Le chef laissa un silence s'installer avant de reprendre :

— Je suis parvenu à convaincre l'ambassadeur de deux choses. La première : c'est vous qui allez me succéder, il n'est pas question de faire venir quelqu'un de métropole. La seconde : c'est que je ne le rejoindrai que dans six mois, le temps pour vous d'aller en France prouver ce dont vous êtes capable.

Mon père ouvrit la bouche, mais le chef ne le laissa pas parler.

— Je vous ai arrangé une place à l'Auberge du pont de Collonges, chez Monsieur Paul. Ils vous garderont une petite chambre et c'est moi qui offre le billet. J'ai été très heureux de vous rencontrer, Joseph. Et je sais que vous prendrez soin de cette maison.

Le chef se leva, une larme roula sur la joue de mon père.

Rose

3

Le conducteur du Freightliner arracha la portière de la Ford Sierra. Il attrapa Benjamin par le col. Se répandit en grossièretés mêlant l'afrikaans à l'anglais. Les cris réveillèrent Sacha.

D'autres chauffeurs de poids lourds s'étaient arrêtés pour examiner l'accident et le spectacle offert par le transporteur en transe. Il lâcha le vêtement de Benjamin, repoussa le photographe dans la carcasse de la voiture et monta à l'arrière de son camion pour vérifier l'état de la marchandise. Le choc avait déplacé quelques-unes des caisses en bois. Le chauffeur faisait de larges mouvements, délibérément exagérés, censés signaler les dommages causés par Benjamin. Il s'agitait inutilement, les caisses à l'équilibre précaire vacillèrent. L'une d'entre elles tomba sur la route, manquant de faucher l'homme. Elle se brisa sur la tranche. Le chauffeur se précipita au bas du camion. Quelques routiers, peut-être par solidarité, l'imitèrent.

Le mouvement des conducteurs, affairés autour de la caisse fracassée, à cheval entre la route et l'épave de la voiture, fit sortir Sacha de sa torpeur. Elle ne put en distinguer le contenu. Estampillée « Fire », la caisse était recouverte de lettres chinoises peintes au pochoir. Sacha eut le réflexe de saisir l'appareil photo de son collègue sur la banquette arrière de la voiture ; il ne semblait pas endommagé. Elle tenta de s'extraire de l'habitacle du véhicule, dévisagea le conducteur du poids lourd. L'homme était nerveux. Afin d'étayer le constat de l'accident, Sacha prit quelques clichés de la voiture de location puis de l'arrière du camion qui avait été embouti. D'un geste menaçant, le routier lui intima l'ordre de s'éloigner. Elle n'en fit rien. Alors qu'elle s'attardait sur l'arrière du Freightliner, elle se figea. Le chauffeur pointait un Beretta dans sa direction. Benjamin la rejoignit. Ils furent très vite encerclés par d'autres routiers, pistolets au poing. Elle abaissa son appareil photo, le laissa pendre à la bandoulière. Benjamin et elle levèrent les bras vers le ciel. Ils reculèrent. Alors seulement les types rangèrent leur arsenal, à l'exception du premier, qui les maintint en joue.

Sacha et Benjamin s'éloignèrent sans tourner le dos au conducteur armé. Ils s'assirent au bord de la route, à une cinquantaine de mètres du lieu de l'accident. Aucun d'eux n'essaya de parlementer, les hommes n'étaient pas là pour ça. Le souffle court, ils détournèrent le regard des véhicules immobilisés. En passant la main contre son crâne, Sacha constata que celui-ci semblait avoir cessé de saigner. La montagne de la Table, dressée à l'arrière de la ville, lançait des ombres menaçantes sur le reste du Cap plongé dans l'obscurité. Des nuages venaient épaissir l'horizon. Les lumières du port éclairaient au loin les quelques grues immobilisées. La ville se noyait dans la mer opaque aux reflets dansants. Sacha devinait sur le sable de lourds rochers ronds, grumeleux.

Elle se ressaisit. Il lui était simplement impossible d'ignorer l'accident. Le camion. La caisse. Les armes. Pourquoi pareille menace ? Pourquoi une telle urgence ?

Soudain retentit le son puissant de l'avertisseur d'un poids lourd. Un routier fit de grands signes des bras dans leur direction. Ils se levèrent péniblement, le rejoignirent en contournant les camions stationnés sur le côté de la route. C'est à cet instant que Sacha aperçut la longue file de ces mastodontes, tous arrêtés sur le bord de la chaussée : devant le camion que Benjamin avait percuté, quatre autres Freightliner identiques et deux jeeps. Tout un convoi.

Un homme à la peau noire et aux yeux mi-clos observait le va-et-vient des chauffeurs depuis la cabine du poids lourd accidenté, portière ouverte. Assis entre le siège conducteur et le siège passager, il arborait un uniforme, des rangers noirs. Sacha plissa les yeux. Elle ne parvenait pas à identifier l'écusson rectangulaire coloré cousu sur la manche de sa chemise kaki. Elle distingua simplement une lettre noire. Un « R », peut-être un « B ». À cette distance, on n'y voyait pas bien.

En s'approchant, Sacha interpella le chauffeur du camion embouti, le questionna sur le type de marchandise qu'il transportait. Celui-ci ne prit pas la peine de répondre ; il se contenta de lancer un regard vers le premier homme à s'être précipité pour l'aider à ramasser la caisse. Le chauffeur était petit, de longues pattes grisonnantes couraient sur ses joues musclées, il avait le teint olive. Il alluma une cigarette, sourit puis répondit à Sacha dans un mauvais anglais :

— Ce qu'il y a dans ces camions, ça ne vous regarde pas. Maintenant, il va falloir payer pour les dégâts.

Benjamin contesta : seule sa voiture avait été enfoncée dans ce stupide accident. L'homme désigna le camion.

— Les portes froissées, la caisse brisée et le temps perdu à tout ramasser.

Benjamin eut un geste de dépit. Il n'était question ni de céder ni de les dédommager. Le photographe tourna les talons ; quelques hommes se rapprochèrent, firent bloc autour du type à la cigarette, empêchant Benjamin d'avancer. Certains croisaient les bras, d'autres portèrent la main à la ceinture, menaçant de dégainer leurs armes à nouveau. Ils se mirent à plaisanter en le regardant.

L'homme à la cigarette ordonna à l'un des autres de prendre à Benjamin l'argent que leur coûterait le passage à la frontière.

D'un mouvement de la main qui voulait dire « Finissons-en », le chauffeur du camion percuté tira un portefeuille de sa poche, le jeta aux pieds du photographe. Benjamin s'en saisit ; c'était le sien. Ils avaient dû le lui dérober en l'extirpant de la carcasse de la voiture juste après l'accident. En ricanant, les gaillards leur tournèrent le dos. Benjamin attendit que les moteurs rugissent à nouveau pour ouvrir son portefeuille. Il était vide. Il avait la fâcheuse habitude de retirer trop d'argent d'un coup avant de partir en reportage. Sacha et lui n'avaient aucune idée de la frontière que ces hommes comptaient traverser, ni s'ils prévoyaient de soudoyer des militaires qui s'y trouveraient en faction. Le photographe savait simplement que plus de trois mille dollars avaient disparu de son portefeuille.

Sacha et Benjamin laissèrent l'épave de la voiture à l'endroit précis où celle-ci avait rendu l'âme. Alors qu'ils l'avaient déjà perdue de vue, ils entendirent quelques sirènes stridentes retentir en direction du lieu de l'accident.

***

Au Cap, la nuit fut belle. Elle donnait aux devantures des immeubles beiges, mauves et orangés quelques reflets mordorés, brillants. L'asphalte, crevé par endroits, absorbait la lumière aveuglante des étals encore ouverts. L'odeur des rues y était étrange, mélange d'effluves marins et de vie quotidienne éprouvée. Quelques monticules d'ordures, de vêtements usés, de cartons défraîchis traînaient, poussés dans un coin. Les passants éclectiques donnaient à l'obscurité une touche animée. Les nuages, amassés en flocons épars, paraissaient veiller sur une ville qui, même la nuit, tremblait d'un vent nouveau.

Une demi-heure de marche suffit à Sacha et à Benjamin pour rejoindre l'hôtel Hermitage. Benjamin procéderait au constat auprès de l'agence de location le lendemain. Il porterait plainte au commissariat pour le vol de ses trois mille dollars par la même occasion. Ils convinrent de se retrouver à l'hôtel pour le petit déjeuner.

Une fois dans sa chambre, Sacha nettoya les contusions laissées par l'accident à l'eau et au savon. Elle passa un peignoir, entreprit de panser ses autres égratignures. Son état la rassura, elle ne serait pas contrainte de se rendre à l'hôpital. Elle s'affala sur le lit, tombant de fatigue, et s'allongea sur le dos. Sacha décrocha le téléphone et demanda à passer un appel à Paris.

Marie Bréal, secrétaire de rédaction au *Temps*, terminait la relecture d'un article complexe consacré à l'échec de l'adoption du plan de santé américain, déposé par un pigiste un peu plus tôt dans la journée. Les deux tiers de cet article étaient franchement incompréhensibles – davantage encore que le plan de santé, chef-d'œuvre de complexité lui-même. Elle se demanda qui était l'irresponsable qui laissait publier de telles inepties tout en attendant d'elle qu'elle effectue un travail de correction valable, c'était agaçant. Elle finirait la tâche qui lui avait été assignée, mais elle avait la ferme intention de se plaindre dès le lendemain. Elle reposa l'article sur son bureau, saisit lentement l'un de ses trois paquets de cigarettes quotidiens et se dirigea vers la sortie, quand son téléphone sonna. Elle reconnut immédiatement la voix au bout du fil.

— Sacha. Comment se passe votre séjour ? demanda-t-elle, davantage par courtoisie que par intérêt.

— Bonjour, Marie. Pour le moment, disons « mitigé ». Mais je vous épargne les détails, je vous appelle pour vous demander une faveur.

— Dites toujours.

— En partant, j'ai pris avec moi les derniers articles parus sur l'Afrique du Sud, je les ai lus dans l'avion. Pourriez-vous me faxer l'intégralité des papiers publiés sur l'Afrique subsaharienne, disons, de ces deux derniers mois ? Pas uniquement les nôtres, ceux des confrères, de la presse spécialisée aussi. Et si vous pouviez essayer de les trier en mettant de côté ceux qui traitent des échanges commerciaux et du transport routier, je vous…

— Vous me prenez pour la personne que je ne suis pas, Sacha, assena la secrétaire de rédaction.

— En l'occurrence ?

— En l'occurrence, la documentaliste.

Marie Bréal avait élevé la voix. Elle poursuivit :

— Figurez-vous que j'ai autre chose à faire de mes nuits que fouiller les archives du journal. Les stagiaires sont là pour ça.

— Voulez-vous que je vous donne le numéro de fax auquel m'adresser ces documents ?

— Je crois que nous ne nous sommes pas comprises, Sacha Alona – elle insista sur le nom de la journaliste d'une manière qui échappa à cette dernière. Je n'ai pas le temps de prendre part à vos… à vos quoi, d'ailleurs ?

— À une intuition. Marie, écoutez-moi. J'ai flairé quelque chose et je voudrais en avoir le cœur net. Vous me sauveriez la vie, finit-elle par dire avec douceur.

— C'est tout ? répondit la secrétaire de rédaction après un silence résigné.

— Non, ce n'est pas tout. Je voudrais également que vous vous renseigniez spécifiquement au sujet d'une entreprise de transport appelée « Fire ». C'est sûrement une société sud-africaine qui opère des livraisons sur de longues distances. Leurs camions sont modernes et, pour ainsi dire, assez peu discrets. Essayez de vous informer au sujet de leurs aires de livraison ou du type de matériel qu'ils ont l'habitude de transporter. N'hésitez pas à demander de l'aide aux confrères qui ont couvert ces sujets par le passé.

— À quel numéro envoyer tout ça ?

Sacha prit congé de la voix de sa collègue, brisée par la nicotine, quelque peu aigrie et résignée aux travaux ingrats, après lui avoir communiqué les coordonnées complètes de la réception de l'Hermitage. Le convoi de camions semblait trop propre pour les docks de la ville, son escorte civile et militaire, démesurée. Quelque chose dérangeait Sacha, sans qu'elle puisse en déterminer avec exactitude la nature. Ce convoi était *disproportionné*.

Marie Bréal n'enverrait pas les articles demandés avant de longues heures, que Sacha saurait mettre à profit. Elle appela la réception, commanda à dîner.

Quand l'employé du room service vint enfin frapper à sa porte, elle s'était endormie.

***

Des cris retentirent dans le couloir, face à la chambre de Sacha. Elle se redressait péniblement dans son lit quand une main lourde se mit à tambouriner contre la porte. Réveiller les gens en sursaut devenait une manie dans l'Afrique du Sud post-apartheid. Elle se leva, se dirigea vers la salle de bains ; l'afrikaans résonnait décidément de sons inamicaux à l'oreille d'une Française. Comment ces gens pouvaient-ils réussir à raconter de belles histoires à leurs enfants dans une langue pareille ? Elle passa de nouveau son peignoir.

L'esclandre du couloir venait de se transformer en un mince filet de paroles doucereuses prononcées par un garçon d'hôtel priant Sacha de bien vouloir lui ouvrir. Elle tourna la poignée, à contrecœur. Il était 7 heures du matin, le boy se trouvait dans le couloir près d'un homme qu'elle mit quelques instants à reconnaître. Il lui avait sûrement fallu la nuit pour la retrouver. Le propriétaire de la voiture louée la veille paraissait tout ce qu'il y a de plus agacé.

Suivi par l'employé, le patron de l'agence de location s'engouffra à l'intérieur de la chambre, se mit à vociférer en anglais, dévoilant de vilaines dents. Il pointa un gros index vers Sacha, lui demanda des comptes, lui reprocha de ne pas avoir engagé les démarches nécessaires dans ce genre de situation, exigea réparation. Le type parlait très vite, il avalait les syllabes. Il colla son visage boursouflé à celui de Sacha. Elle recula de quelques pas.

— Qu'attendez-vous de moi, monsieur ? finit-elle par demander en anglais. Il est 7 heures, j'ai été blessée hier soir dans l'accident et j'avais besoin de me reposer.

— J'attends de vous que vous passiez à l'agence dans la journée pour régler cette affaire entre adultes responsables, répliqua le loueur.

— Et que vous passiez au commissariat également, dit une voix dans le couloir.

Un homme rond, souriant, entra, tendit la main au boy et se dirigea vers Sacha, ignorant le propriétaire de la voiture. Il se présenta :

— Inspecteur Saunders.

Sacha se retenait de lever les yeux au ciel devant le ridicule de la situation. Trois inconnus s'étaient déjà succédé dans sa chambre d'hôtel au petit matin.

L'inspecteur était en charge de la surveillance nocturne des docks. Il pria le concessionnaire de quitter la chambre. Celui-ci s'exécuta, non sans obtenir de Sacha l'assurance qu'elle se rendrait à l'agence afin de régler l'incident de la veille. L'inspecteur s'enquit de la santé de la journaliste, la pria de passer au commissariat de la rue Leicester en début de soirée. Il lui remit une enveloppe contenant son passeport et sa carte de presse. Sacha les avait oubliés dans la voiture après l'accident.

— Madame Alona, je souhaite simplement vous poser une question : combien d'hommes avez-vous aperçus dans les camions hier soir ?

Sacha haussa les sourcils.

— Je vous avoue que je ne m'attendais pas à ce que vous me posiez cette question avant même de m'avoir demandé ce qui était arrivé.

Il sourit. Elle reprit :

— À bien y réfléchir, il me semble avoir remarqué neuf personnes différentes. Les chauffeurs des quatre camions et un autre homme, un Noir, qui n'a pas quitté la cabine du poids lourd.

— Comment avez-vous pu vous sortir d'un accident pareil ?

— Ça, c'est un mystère que je suis bien incapable d'élucider moi-même.

***

Sacha jetait un œil aux quelque trois cents articles faxés à son attention. La secrétaire de rédaction avait négligemment entouré au feutre le titre des reportages susceptibles de l'intéresser. Des entrefilets évoquaient la transformation de la CEAO en « Union économique et monétaire ouest-africaine », des affrontements sanglants aux quatre coins du continent, Sierra Leone, Rwanda, Burundi, Liberia. Ailleurs, le taux de natalité en forte progression, l'explosion des systèmes de micro-irrigation dans les grandes exploitations agricoles d'Afrique.

Sacha pensa une nouvelle fois à l'empressement avec lequel les hommes avaient saisi leur arme dès qu'elle avait tenté de prendre des clichés du camion. Au militaire qui n'était pas descendu de sa cabine.

Elle essaya de se concentrer. Elle relut l'enquête d'une consœur qui avait minutieusement retracé l'assassinat du président burundais en octobre de l'année précédente ; elle se remémora le décès d'Houphouët-Boigny, son remplacement par Henri Konan Bédié. Rien qui puisse réellement fixer son attention. Sacha posa nonchalamment la pile de papiers sur le lit. Benjamin n'arrivant pas, elle décida de faire un tour en ville.

— Je regrette, madame Alona, mais il n'y a pas de commissariat rue Leicester, lui annonça le réceptionniste de l'hôtel.

Le commissariat se trouvait sur Western Boulevard, il n'y avait jamais eu de poste de police rue Leicester, l'homme était formel. Désarçonnée, convaincue que Saunders lui avait indiqué cette adresse, Sacha expliqua au réceptionniste les circonstances dans lesquelles l'officier lui avait donné rendez-vous, dans sa chambre.

— Madame Alona, aucun inspecteur ne s'est présenté ce matin à la réception de l'hôtel.

Le trouble de la journaliste allait croissant. Elle ne prêta qu'une oreille distraite au réceptionniste, qui, visiblement ennuyé, lui rappelait les procédures en vigueur au sein de l'établissement pour éviter l'intrusion de visiteurs qui n'auraient pas été annoncés. D'un mouvement ample, il invita Sacha à constater par elle-même qu'il était impossible d'entrer dans l'hôtel et de prendre la direction des chambres sans avoir été identifié. Le hall de l'établissement était vaste, lumineux. Le plafond semblait inatteignable, les murs étaient d'un blanc immaculé. De grandes gerbes de fleurs trônaient de chaque côté de l'espace. Faisant face à la réception, de discrets ascenseurs aux portes de fer forgé menaient aux chambres. Le réceptionniste poursuivit : il avait pris son service au lever du jour, le propriétaire d'une concession automobile s'était présenté, avait provoqué un tumulte inhabituel, expliqué que la journaliste avait volé une voiture, l'avait volontairement encastrée dans un camion.

— Ça ne s'est pas passé exactement de cette manière, mais admettons, répondit Sacha, qui ne souhaitait pas s'attarder sur le sujet.

Le concessionnaire avait présenté quelques photos de l'accident et la copie du passeport de Sacha. Au vu de ces documents confondants, il avait finalement été autorisé à rejoindre la journaliste, sous la surveillance du boy qui avait frappé à sa porte plus tôt dans la matinée. Mais aucun inspecteur, aucun. L'homme était catégorique.

Sacha prit la direction de Long Street. Les guides qu'elle avait emportés et les cartes empruntées à l'hôtel signalaient le quartier comme « à voir », avec son architecture coloniale de style victorien. La journée était belle, le ciel peut-être plus haut qu'ailleurs. Elle acheta le *City Press* et le *Daily Sun*, s'attabla sous les arches d'un bâtiment aux colonnes fines, aux couleurs éclatantes. La ville baignait dans un jour laiteux percé d'un soleil froid. Sacha commanda un thé vert, des œufs, du lard fumé, des tranches de pain. En feuilletant les journaux, elle lut quelques articles sur la mobilisation des candidats aux élections générales. Elle se surprit à s'intéresser à ce pays en plein renouveau. Nelson Mandela, dont elle avait découvert l'extraordinaire magnétisme lorsque le prix Nobel de la paix lui avait été remis, un an plus tôt, devenait un personnage déterminant pour le continent. Il serait élu quelques semaines plus tard, c'était une évidence.

Quelques notes de guitare la surprirent. La mélodie était lointaine, lancinante, et l'enregistrement, légèrement voilé. La musique, grésillante, semblait frotter contre les parois de l'enceinte avant de s'en échapper. Quelques clients du café se mirent à fredonner, ils connaissaient la chanson par cœur. D'autres hochaient la tête. Les arrangements étaient complexes, précis. Sacha apprit bien plus tard que les morceaux composés par Sixto Rodriguez, enregistrés dans un studio du Michigan où il résidait, étaient devenus de véritables hymnes dans l'Afrique du Sud des années 1970 et 1980, sans que l'on sache précisément comment ils y étaient arrivés, à son insu.

Ses pensées s'égarèrent en ce moment suspendu.

Sugar man
Met a false friend
On a lonely, dusty road
Lost my heart
When I found it
It had turned to dead, black coal

Silver magic ships, you carry
Jumpers, coke, sweet Mary Jane

Sugar man
You're the answer
That makes my questions disappear

Les pages internationales du *Daily Sun* apprirent à Sacha l'élection du nouveau président de la République maltaise et les progrès de l'enquête menée sur le crash, quelques jours plus tôt, du vol Aeroflot 593 : le pilote avait confié les commandes à ses enfants et n'était pas parvenu à redresser l'avion après avoir repris le manche. Pour le reste, il ne s'agissait que de ces événements oubliés une fois le titre de l'article survolé. Elle referma les journaux. Elle saisit sa tasse de thé, son regard fixa une mouche immobile au-dessus de la table. Elle ressentit une pointe d'excitation, d'anxiété. Elle rouvrit le *Daily*

Sun, se pencha sur un entrefilet auquel elle n'avait pas spécialement prêté attention. Sacha se mordit la lèvre. Une intuition. Elle voulut en avoir le cœur net.

Elle pénétra d'un pas rapide dans le hall de l'Hermitage. Le réceptionniste discutait avec un groupe de touristes. Pourtant, il la dévisagea consciencieusement, et Sacha pensa que l'homme avait certainement dit vrai : il était impossible de traverser le lobby sans être remarqué.

La journaliste grimpa les escaliers qui contournaient la cage des ascenseurs, accéda à son étage. Elle fouilla dans la poche de son jean et en tira la clé. Au moment de l'insérer dans la serrure, elle aperçut un mince filet de lumière entre le battant et le montant de la porte. Elle retint son geste : sa chambre était ouverte. Elle était pourtant convaincue de l'avoir verrouillée en sortant.

Sacha poussa la porte avec précaution. Le couloir de la chambre était baigné de lumière. Elle plissa les yeux mais ne vit personne. Elle atteignit la salle de bains. Dans le doute, elle se plaqua contre le mur pour ne pas être repérée. Elle attendit. Sans un bruit. Sans un souffle. Seuls les battements de son cœur troublaient le silence ambiant. L'intrus finirait par se montrer.

Elle perdit patience, osa s'avancer, balaya la pièce du regard à la recherche de ce qui pourrait lui servir d'arme. C'est alors qu'elle vit sa valise renversée. Ses livres éparpillés. La chambre était vide. Sacha fit quelques pas en arrière et ouvrit la penderie : vide elle aussi. Elle retourna vers la salle de bains, replia d'un grand coup le rideau de douche : personne.

Elle décrocha le combiné posé sur la table de nuit, informa le réceptionniste que sa chambre avait été visitée, le pria de prendre les dispositions nécessaires pour lui permettre de déménager au rez-de-chaussée, à proximité du hall d'entrée.

Sacha n'avait pas l'intention de changer de chambre mais souhaitait que sa demande fasse le tour des employés de l'hôtel, afin qu'un éventuel mouchard puisse orienter ses visiteurs secrets vers la mauvaise piste. Elle s'installerait confortablement dans le lobby pour tenter d'identifier les cambrioleurs.

Elle se décida à refermer la porte de la chambre, rassembla quelques papiers jetés à terre, sur le lit et à l'entrée de la salle de bains. Certains étaient froissés, d'autres avaient été piétinés. Elle-même avait probablement marché sur plusieurs d'entre eux.

Les centaines de pages d'articles avaient été volontairement éparpillées. Elle les rassembla, les classa, non pas chronologiquement, mais géographiquement. L'intuition qu'elle avait eue plus tôt au café se confirmait. La plupart des papiers traitant de la région des Grands Lacs, dans le centre de l'Afrique, avaient été dérobés. Elle était persuadée d'en avoir aperçu bien davantage le matin même. Elle sourit en constatant que celui qui avait éveillé sa curiosité n'avait pas disparu.

Depuis quelques mois, tous les journaux s'étaient mis à publier des infographies : les services spécialisés des grandes rédactions illustraient désormais les articles traditionnels à l'aide de cartes truffées de légendes, de graphiques, de tableaux en tous genres, dès qu'un conflit éclatait, qu'un incident ou une catastrophe naturelle se produisait. En l'occurrence, elle se trouvait face à une « fiche-pays » d'une demi-page consacrée au Rwanda, où les tensions ethniques étaient à leur comble.

Entre autres données statistiques et démographiques était reproduit le drapeau du pays : trois bandes verticales aux couleurs brouillées par le fax mais identifiables, probablement claires, frappées d'un « R » noir. C'est cet écusson que portait au bras le militaire qui n'était pas descendu du camion.

Sacha mit de l'ordre dans ses affaires, s'assura que ses papiers d'identité n'avaient pas été dérobés. Celui qui avait pénétré dans sa chambre n'était, semble-t-il, pas intéressé par les objets de valeur.

Elle s'apprêta à sortir lorsqu'elle révisa son jugement. Il manquait l'appareil photo de Benjamin.

Daniel,

Je me souviens du parfum raffiné des gousses de vanille posées en de longues lignes brunes sur la partie en tôle du toit de notre maison. M'occuper de la vanille avec Maman était la seule raison valable qui pouvait me dissuader de me rendre à la bibliothèque. J'adorais passer du temps entre les rayons de livres aux pages jaunies, poivrées. Lire et sentir le papier rugueux entre mes doigts. Lire, et puis lire et puis lire, à défaut de pouvoir parler.

J'ai toujours conseillé à ma mère de ne pas aligner les gousses sur le toit, je préférais les disposer de manière à dessiner. Quand on n'a rien pour le faire, autant utiliser ce que l'on a. Dessiner les collines qui enserrent Kigali, le visage de nos proches, le tien, Daniel, entre les brindilles sucrées. Au soleil, les gousses de vanille offrent un aspect luisant, des reflets ocre ou rouges, selon leur exposition. Maman me répondait sans cesse, en souriant doucement, que l'endroit où l'on plaçait la vanille pour la faire sécher était le facteur le plus important dans la maturation des gousses. Deux semaines de séchage tous les six mois pour donner à ces milliers de brindilles le meilleur des arômes.

Les producteurs de vanille du Rwanda ne se trouvaient pas à Kigali. Je ne sais pas comment mes parents ont eu l'idée de commercialiser cette plante, mais ma jeunesse se résume à son parfum.

Après chaque cueillette, Maman gardait une vingtaine de gousses, avant de les revendre à je ne sais qui, pour préparer du riz au lait, la douceur préférée de Papa. La seule qu'il ne cuisinait pas lui-même. À chaque fois qu'il portait la cuillère à sa bouche, nous suivions son mouvement avec attention et, au fond, une forme d'appréhension. Le temps avait tressé entre eux une ressemblance que je ne saurais expliquer ; ce mimétisme conduisait ma mère à ouvrir les lèvres avec lui, comme pour entrer dans sa bouche, vibrer sur ses papilles.

Une fois le pot de riz au lait terminé, c'était inévitable, il disait : « Je sais que tu as un secret pour le préparer. » Je crois qu'elle faisait bouillir un peu de lait avec la pâte brune de la vanille. Tandis que le mélange parfumé commençait à frémir, elle y ajoutait du riz grossier, du sucre et des amandes écrasées. Le tout formait une crème onctueuse qu'il fallait retirer du feu à temps : voilà où se nichait le secret. J'aimerais retrouver le visage heureux de mon père mangeant du riz au lait.

Il est impossible d'oublier le parfum de la vanille. Il persiste en ma mémoire depuis que la voiture de l'ambassadeur de France s'est arrêtée face à l'entrée de la maison. Cela n'arrivait jamais ; d'ordinaire, le diplomate traversait le jardin de la résidence et nous rencontrait dans notre parcelle. C'est en personne, accompagné de l'un de ses conseillers, qu'il est venu nous annoncer la mort de Papa. Il avait été tué avec d'autres Tutsi, en pleine ville, à Kigali, un jour du printemps 1990. Ne le voyant pas en cuisine ce matin-là, quelques-uns des employés étaient partis à sa recherche. Plusieurs assassinats de Tutsi avaient eu lieu ces derniers temps. Lorsque l'ambassadeur est arrivé, nous étions derrière la maison, à l'endroit où les lys, impuissants, cèdent à la vanille le privilège d'embaumer le vent du jardin.

Il nous a saluées et a demandé s'il pouvait s'installer sur l'une des chaises métalliques de Papa, au milieu des fleurs.

— Bien sûr, monsieur, c'est par ici, lui a dit ma mère en tendant le bras vers le chemin qui conduisait au jardin. Mais mon mari n'est pas là. Pourquoi n'est-il pas venu avec vous ?

Elle ne lui laissait pas le temps de répondre, pressée qu'elle était de le mettre à l'aise.

— Voudriez-vous manger du riz au lait ?

Elle a vraiment proposé du riz au lait à l'ambassadeur de France. Elle avait l'air si confuse.

— Je souhaiterais vous parler seul à seul, madame. Pourriez-vous demander à mademoiselle de nous laisser un instant ?

Je suis restée du côté vanillé de la maison. Montée sur l'échelle, puis sur le toit, j'ai pu observer et écouter la discussion de Maman avec l'ambassadeur, qui la regardait droit dans les yeux et lui tenait les mains, sans rien dire.

Un long moment s'est écoulé sous le saule pleureur. C'était à croire que l'ambassadeur avait pris racine. Lui aussi semblait touché par la magie du mimétisme, son corps copiait le maintien du saule ployé et majestueux. À plusieurs reprises, il a ouvert la bouche et s'est apprêté à parler. À chaque fois, ses lèvres se sont refermées, sa poitrine s'est affaissée et ses dents se sont serrées, laissant apparaître cette protubérance musclée au bas de la mâchoire des hommes qui se refusent à pleurer.

Ma mère n'arrêtait pas de parler, de lui demander ce qui semblait lui donner tant de peine.

— Monsieur l'ambassadeur, voulez-vous que je vous porte un peu d'eau ?... Vous êtes sûr que vous ne voulez pas goûter à mon riz au lait ?... Je suis désolée, mais je ne comprends vraiment pas ce qui vous amène ici. Vous voulez peut-être attendre que mon mari revienne à la maison ? Est-ce que vous souhaitez y entrer ?

À ce moment, le conseiller qui l'accompagnait lui a fait un signe en désignant sa montre. L'ambassadeur a baissé la tête. Puis il a lâché les mains de Maman et les lui a posées doucement sur les genoux, les couvrant des siennes, comme s'il venait de libérer un oiseau blessé.

Il s'est levé, la dominant de toute sa hauteur. Il a dit : « Je suis désolé. » Il a pris la chaise de métal blanc sur laquelle il était assis. Il a tiré un peu fort pour que ses pieds sortent de terre. Papa tenait à ce que les chaises restent toujours à la même place, leurs pieds avaient d'ailleurs pris une teinte plus sombre. Ma mère l'a suivi des yeux et n'a rien dit. Portant la chaise, l'ambassadeur s'est dirigé vers la remise, à côté de la maison. La remise dans laquelle Maman gardait la vanille. La remise dans laquelle la chaise resterait.

Peut-être est-ce mon imagination, ou peut-être pas. Mais au moment où l'ambassadeur a versé une larme, j'ai cru que la ville s'était mise à sentir la vanille, comme pour se souvenir de mon père.

Il a quitté la maison sans se retourner.

Seule sous le saule pleureur, les yeux fixés sur les trous laissés par la chaise dans la terre, Maman a vieilli brusquement.

Rose

4

— J'ai une bonne nouvelle et pas mal de mauvaises, je commence par quoi ? demanda Sacha au photographe.

Benjamin blêmit lorsque Sacha lui annonça le vol de son appareil photo. Elle ne lui laissa pas le temps de réagir, lui assena la liste de ses mésaventures matinales. Benjamin ne parvenait manifestement pas à assimiler la quantité d'informations fournies par Sacha, qui tentait une nouvelle fois, plus calmement, de faire le lien entre les différents éléments.

— La seule chose que nous ayons photographiée hier, dit-elle, c'est le camion, une partie de la cargaison à travers les portes, et les chauffeurs.

— Ils ont pris l'appareil photo parce que c'est un Nikon F3AF de légende.

— J'aurais aimé avoir affaire à des amateurs de photo, mais je ne crois pas que ce soit ça, désolée.

— La bonne nouvelle, dans tout ça ?

Elle lui lança un sourire.

— Moi, j'ai parlé d'une bonne nouvelle ?

Sacha lui proposa d'aller faire ce pour quoi ils étaient là : travailler. Avançant le long des rues, ils glanèrent les échos d'un quotidien en pleine évolution. Des scènes de liesse, des sourires, des discussions animées dans les cafés. Personne ne semblait insensible au vent du changement. Sacha passa quelques appels depuis l'hôtel afin de réaliser les interviews qu'elle avait prévues, elle s'entretint brièvement avec le premier conseiller de l'ambassade de France. La journée fut monotone, mais la ville lui plut. Elle entama la rédaction d'un long reportage qu'elle enverrait plus tard à sa rédaction. Benjamin et elle ignorèrent le rendez-vous fixé par Saunders au pseudo-commissariat de Leicester St. Ils ne se rendirent pas non plus au commissariat de Western Boulevard.

Ils louèrent une Ford grise auprès d'une nouvelle agence, en fin d'après-midi. Sacha s'arrêta à un distributeur de billets, retira deux mille rands. Ils se retrouvèrent à l'endroit précis de l'accident de la veille. Benjamin lui proposa de prendre la direction des docks.

Il bifurqua en passant par Darling et Eastern Boulevard et gara la voiture dans Aberdeen St. Ils avancèrent à pied jusqu'à Duncan Dock, qu'ils contournèrent en direction de Ben Schoeman. D'immenses porte-conteneurs avaient jeté l'ancre dans la baie. Plusieurs dizaines de cargos étaient arrêtés le long des docks, lourds monstres flottants.

Des hommes en salopettes bleues ou grises arpentaient les plates-formes, cigarette vissée à la bouche, les yeux fatigués et la peau épaisse, hâlée. Face aux quais, quelques hangars ouverts, mal éclairés, dans lesquels étaient entreposées des centaines de palettes, bidons, cadres métalliques et autres marchandises en transit. Dans cette ville de métal, l'air sentait la rouille.

Ils parcoururent les quais vers l'ouest, le regard tourné tantôt vers la mer, tantôt vers les dépôts de marchandises. L'atmosphère fraîchissait. Les marins et les ouvriers du coin ne leur prêtaient pas attention. Ils allaient et venaient, vaquaient à leurs occupations, rentraient chez eux. Vers l'essentiel. De petits transpalettes s'agitaient en tous sens sur les appontements, arrosés de lumière par les phares des camions qui quittaient les docks. Sacha et Benjamin déambulèrent près d'une heure, ne sachant pas véritablement où aller.

Au milieu des entrepôts, une enfilade de hangars retint leur attention. Des camions semblables à ceux de la veille y étaient stationnés, prêts à être chargés. À l'intérieur, des palettes avec des inscriptions en chinois marquées « Fire ». Après s'être assurés que personne ne viendrait les déranger, Sacha et Benjamin pénétrèrent sous un hangar. Ils ouvrirent tant bien que mal quelques-unes des caisses éventrées et constatèrent qu'elles étaient vides. Déçus, ils se dirigèrent de l'autre côté du hangar, où ils en identifièrent de nouvelles, scellées. Ils ouvrirent l'une d'entre elles, à l'aide d'un pied-de-biche posé à proximité. Pleine de machettes. Sacha en saisit une, s'étonna que les deux bords soient tranchants. Elle se souvenait de celles que les cultivateurs utilisaient dans les champs, qui ne coupaient que d'un seul côté. Ils ouvrirent une deuxième caisse au contenu similaire. Ils n'eurent pas le temps de poursuivre. En marche arrière, un semi-remorque s'engouffra bruyamment.

Le camion leur bloquait toute issue. Ils allaient devoir improviser pour expliquer aux hommes qui en descendaient, copies conformes des chauffeurs de la veille, la raison de leur présence. À la place du passager, Sacha distingua un autre soldat à la chemise frappée de l'écusson rwandais. Le militaire descendit du véhicule peu après les autres. Il quitta le hangar puis alluma une cigarette. Sacha resta en retrait mais Benjamin s'avança, voulut prendre les devants : il fallait fournir une explication tangible. Le chauffeur lui fit comprendre que son aide pour le chargement des caisses entreposées au fond du hangar ne serait pas de trop. Benjamin n'avait même pas eu à ouvrir la bouche.

Sans se soucier de qui il était, les autres hommes s'adossèrent au mur de béton et les regardèrent procéder. Ils grillèrent cigarette sur cigarette en dépliant leurs journaux. Autant ne pas broncher.

À l'aide d'un transpalette, Benjamin et le chauffeur placèrent quelques caisses au fond du camion ; d'autres, identiques, s'y trouvaient déjà. Les trois autres types grimpèrent à l'intérieur du poids lourd afin d'en inspecter le contenu. Comme Benjamin s'y attendait, des machettes remplissaient la plupart des caisses, d'autres débordaient de fusils-mitrailleurs. Le militaire rwandais intima à Benjamin l'ordre de s'avancer. Il jeta un rapide coup d'œil au chargement, recensa la cargaison. Il s'approcha du journaliste et lui présenta un bordereau de livraison. Aidé de ses collègues, le chauffeur entreprit de ramasser les quelques machettes éparpillées à même le sol. Ils les jetèrent au fond de la remorque. En frappant contre les parois du camion, leurs lames crissèrent. On achetait des armes comme de simples fruits et légumes.

Les chauffeurs quittèrent les lieux aussi rapidement qu'ils étaient arrivés. Ils avaient pris Benjamin pour le responsable de la livraison. Le manège était bien rodé. Les hommes avaient jeté leurs mégots et les journaux froissés. Le soldat rwandais, lui, s'était débarrassé d'un titre, *Kangura*, dont la quatrième de couverture laissait voir un jeune Noir armé d'une machette, le bras tendu. Une bulle lui faisait dire : « Il faut s'occuper des Tutsi avant qu'ils ne s'occupent de nous. » À la une du journal, « L'ONU menace de retirer sa force d'interposition au Rwanda », puis, en plus petit : « Nous ferons tout pour que le gouvernement de transition à base élargie ne soit pas constitué. Non aux accords d'Arusha. »

Sacha parcourut rapidement le contenu du journal. Page 4 : « Que chacun se prépare et s'arme, les *inyenzi*, eux, sont prêts depuis longtemps. »

D'après ce qu'elle savait du Rwanda, les accords d'Arusha, signés en deux temps par le président Habyarimana et le Front patriotique rwandais de Paul Kagame, visaient à jeter les bases d'un État de droit et de partage du pouvoir entre Hutu et Tutsi. Sous la dangereuse invective de l'article, le rappel d'un discours de Juvénal Habyarimana qualifiant de « chiffon de papier » lesdits accords. Mais qui étaient ces *inyenzi* ? Elle appellerait Bernard Witz dès son retour à l'hôtel.

La nuit était tombée sur les quais déserts. Alors qu'ils sortaient du hangar, ils virent un type marcher d'un pas lourd vers l'entrepôt. Un énorme projecteur était braqué dans sa direction : il ne les distinguerait pas, eux. La journaliste écarquilla les yeux. Comment était-ce possible ? Ils s'éloignèrent rapidement, se glissèrent entre deux dépôts, d'où ils purent observer la scène. L'homme pénétra dans le hangar puis en ressortit tout aussi vite. Il semblait paniqué. Il s'agita, fit d'incessants allers-retours sur le seuil du hangar. Il s'immobilisa, cria quelques noms incompréhensibles. Le silence qui lui répondit le mit hors de lui. Il saisit une échelle, monta les barreaux d'un pas rapide puis tira sur un rideau métallique pour fermer l'entrepôt. Un bruit strident s'en échappa. Le mince rai de lumière que l'on pouvait distinguer sous le store de fer s'éteignit.

Quelques instants plus tard, l'homme sortit par une porte latérale qu'il verrouilla soigneusement. Il s'éloigna d'un pas rageur.

Saunders – pour peu que le nom fût vrai – semblait ne pas les avoir remarqués.

Daniel,

Le jour où nous avons enterré Papa, de nombreux amis se sont pressés. Des enfants jouaient dans le jardin, sous les yeux égarés de ma mère, effacée, comme si elle ne savait pas ce qui était en train de se passer.

L'ambassadeur de France était là. Innocent et Jean étaient rasés de près. Théodose est arrivé dans le jardin, correctement habillé et sans sa vache. C'était peut-être sa manière à lui de témoigner son amitié. Agathe, Jean, Janvier et Aline ont passé la journée assis près de Maman. Les employés de l'ambassade de France étaient au complet. Je ne me souviens pas du nom des autres ; je me souviens seulement qu'ils étaient nombreux.

J'observais les gens arriver, se presser, entrer et sortir du jardin. Ils étaient discrets pour la plupart et pesaient leurs mots. Les teintes de la vie s'étaient estompées. L'ocre était devenue grise. Le vert du jardin avait jauni. Le rose des lys s'était éclairci. Mon père était parti avec les plus belles couleurs de la maison.

Le lendemain de sa mort, je suis allée au marché de Nyamirambo. Maman voulait préparer quelques plats. Comme toujours, j'y ai vu des vêtements en abondance. Les produits frais emplissaient les étals, parfois propres, parfois recouverts d'une pellicule de poussière. Mon père aimait ça. Il aimait la terre et la suie autant qu'il priait le ciel. Il aimait les mains calleuses de ces hommes. Il aimait autant les allées tracées par les pagnes débordant de fruits que les passages couverts du marché, ponctués de cabanes de bois fragiles, les chaussures de plastique offertes, les cartes colorées. Il appréciait le ballet des femmes aux paniers naturellement posés sur le sommet du crâne, comme prolongeant leur corps, le va-et-vient des bicyclettes. Il aimait les petits poissons argentés offerts aux filets des vendeurs et aux doigts des enfants de passage. Il aimait s'arrêter, observer. Il aimait voir les graines, les épices et les haricots informes disposés dans des sacs de toile pleins à craquer. Ce qu'il aimait surtout, c'était emporter les aromates, les fruits, les légumes les plus étonnants, les observer, tenter parfois de les marier, en tirer ce qu'ils avaient de juteux, de savoureux. De meilleur. Il aimait voir la nuit tomber sur cette colline qui brillait par les seuls éclairages des magasins, de leurs devantures copiant celles du Nord. Les marchands d'ici ne sont pas fiers d'imiter les enseignes d'Europe et d'Amérique ; ils n'y parviennent pas. Ils sont simplement fiers d'essayer de le faire. Pour le reste, c'est le Rwanda qui reprend ses droits. On y marchande, on y discute, on emporte ce qui peut être pris.

Lorsque j'étais en France, j'ai souvent pensé à Nyamirambo en déambulant devant les vitrines des grands magasins ou celles des rues froides de la Madeleine et de la Concorde. La différence pourtant était évidente. En France, il faut être riche pour entrer dans ces boutiques. Le seul regard des vendeuses vous dissuade d'y pénétrer. Ici, à Kigali, la chaleur n'exclut personne.

Aujourd'hui, alors que sa main manque à ma nuque pour m'y diriger, c'est comme si le marché était vide sans lui. Comme si ces allées saturées de sensations et de jeux d'enfants s'étaient fanées. C'est comme si, finalement, elles le trompaient en continuant de vivre alors que lui n'était plus.

Personne n'a remarqué son absence. En passant devant les étals, j'ai soutenu le regard de certains vendeurs. Dans mes yeux, son absence était flagrante. Même si j'avais voulu parler, je ne l'aurais pas pu. Quelques-uns m'ont dévisagée avec étonnement. Ils n'ont pas compris ce que je voulais. Je voulais leur dire qu'il n'était plus là, que pour la première fois j'étais venue seule. Il ne reviendrait plus, lui qui leur avait donné son argent, qui leur avait acheté leurs surplus. Lui qui inondait ma mère et la résidence de l'ambassade de France de leurs produits et qui demandait des nouvelles de leurs enfants. Les jours passeraient et ils ne le reverraient pas. Se demanderaient-ils pourquoi ? Se demanderaient-ils à quand remontait sa dernière visite ? Leurs corps s'étaient croisés, leurs mains s'étaient nouées. Et il n'en resterait rien. Ils ne se souviendraient peut-être pas de lui.

Parfois je pense à la dernière fois qu'il a accompli chacun de ces actes, chacun de ses rites. Le matin de sa mort, avait-il respiré les cheveux de ma mère ? Était-il parti riche de ce parfum unique ? Avait-il parcouru de sa paume le creux de son dos ? Quand avait-il passé sa main sur le métal des chaises du jardin pour la dernière fois ? Quand avait-il mangé son dernier riz à la vanille ? Avait-il joui une dernière fois de ces instants anodins ?

La vie serait différente désormais. Il faudrait travailler et gagner davantage d'argent. La vanille ne suffirait pas. La voix de mon père coulait en moi. Ma mère et moi, nous serions seules à présent. C'est l'ambassade de France qui a financé l'enterrement. Le prêtre Baptiste n'a pas voulu être payé. Il invita les autres à entrer dans la maison, puis il récita une longue prière.

Je n'ai pas écouté un seul mot de ce qu'il a dit ce jour-là après avoir déposé un voile nacré sur le visage de Papa. J'ai pensé que le plus bel endroit où je pourrais me trouver à ce moment serait l'horizon, entre la mer et le ciel. Là où ils ne se distinguent pas vraiment. Là où l'un s'achève et l'autre prend naissance. Là où le flou apaise, où le monde ne vous rejoindra jamais.

J'avais essayé de trouver cette intersection une fois à Kibuye, entre les îles, au bord du lac Kivu. C'était un après-midi du mois de septembre. Il faisait beau et le ciel, contre son habitude, ne voulait pas se couvrir. J'avais plissé les yeux pour contempler cette ligne où le bleu du ciel et celui de l'eau se confondent. Aujourd'hui, je suis sortie de l'église avant la fin du discours. Maman ne m'a pas vue, mais je sais qu'elle n'aurait rien dit.

Les rayons du soleil m'ont forcée à plisser les yeux, à nouveau. J'ai songé à Papa. J'ai essayé de dessiner son visage en moi pour ne jamais l'oublier. Et puis tu es arrivé.

Je ne pensais pas que tu viendrais. Tu portais un costume marron et une chemise perle entrouverte. Les États-Unis t'avaient rendu élégant, Daniel. Pour combien de temps serais-tu là ? Pour combien de temps allais-tu rester cette fois ? Pourquoi fallait-il partir ?

J'ai été heureuse et j'en ai eu honte. Non pas pour mon père, il l'aurait voulu. J'ai eu honte pour les autres. Ils n'auraient pas compris. Que reste-t-il d'autre à un mourant que le désir de voir ses enfants heureux ?

Tu n'as rien dit. Tu as passé ta main contre ma joue et, enfin, j'ai souri. Nous sommes allés vers la balançoire et je m'y suis assise. Dans quelques heures, tu partirais à nouveau. Je t'ai regardé longuement. La paume de tes mains était claire et ton regard dur. Tes doigts étaient longs. Je n'aurais pas su dire pour quelle raison tes yeux restaient fixés vers le sol.

Puis mon regard, lui aussi, s'obscurcit. Des hommes passaient devant la maison. À côté d'eux, une voiture roulait au pas. Ils avançaient par rangées de quatre ou cinq. Leurs tricots de corps dépareillés les rendaient misérables. Une armée d'assassins incapables de marcher au pas. Le ventre plein de bière, les joues gonflées par le plaisir sourd du pouvoir, les muscles tendus par les armes qu'ils brandissaient, ils avaient soif, les gorges le criaient. On leur avait enseigné l'ordre des choses, la place des êtres, leur rang, qui doit se soumettre à qui. Pour la plupart, ils n'avaient même pas de chaussures dignes de ce nom. Les autres étaient à la traîne, entassés dans un camion bâché. Une milice de guignols, une armée de pantins. Mais une armée.

Ils étaient là, ceux qui avaient tué mon père. Et ils défilaient devant le portail de la maison. Ils soulevaient l'enthousiasme de la rue. On les encourageait sur leur passage. Certains les suivaient en trottinant. Le Rwanda avait son armée, sa révolution, la jeunesse vaillante, les escadrons du combat. Ils étaient là. Ils étaient la fierté des vieillards trop âgés pour tendre la machette, l'avenir des enfants trop jeunes pour comprendre que l'heure était venue. Ils étaient l'œuvre d'Habyarimana et le fruit de longues années d'endoctrinement. On leur avait appris à haïr et à tuer. Pourquoi ces imbéciles en feraient-ils autrement ?

Quand l'écho de leurs chants s'évanouit au loin, une lourde averse vint s'abattre. Tu as enfin levé les yeux. À l'intérieur de la maison, des doigts ont fermé les portes entrouvertes pour empêcher les gouttes de pluie de salir l'entrée en terre. Tu m'as pris la main et tu m'as emmenée dans la cabane où une marmite, posée sur de grosses pierres et quelques bûches, chauffait de l'eau dans laquelle ma mère avait jeté des fleurs de vanille. L'eau semblait frémir depuis une éternité. Le bois crépitait et la pièce était chaude. Nos vêtements étaient mouillés. J'avais froid et tu m'as prise dans tes bras. Nos pieds étaient trempés.

Tu as ôté ta veste et tu l'as posée près du four poussiéreux et brûlant. Tes mains ont effleuré mes bras, les touchant à peine. J'ai baissé les yeux. Puis elles sont remontées entre ma nuque et ma gorge. Pourquoi cette partie du corps n'a-t-elle pas de nom ? Elles ont doucement relevé mon visage. Mes yeux étaient humides. Ton regard a pénétré le mien. Mes mains ont effleuré les briques poussiéreuses contre lesquelles je me suis appuyée. J'aurais pu rester pour l'éternité adossée au mur chauffé par les flammes et l'eau à la vanille, tes mains caressant mes paupières et mes cernes, mes lèvres et mon front.

Je me suis mise sur la pointe des pieds pour t'embrasser. Puis les couleurs sont revenues peu à peu, comme si je retrouvais la vue. Lentement, tu as ouvert ma chemise et passé ton bras contre mon dos pour me rapprocher de toi. J'étais entre le mur et ton corps. J'ai souri en t'embrassant.

Peut-être notre amour est-il devenu un chant ? Le bruit terreux des portes de la cabane que quelqu'un ouvrait. Un visage que je n'ai pas distingué s'est glissé dans l'entrebâillement. Tu as pris ma main et m'as conduite vers le fond de la pièce. La température dégagée par le four était de celles qui brûlent la surface des vêtements et enveloppent la peau d'un filet ardent. Ma chemise restait accrochée par les épaules et la tienne est tombée à terre. Nous nous sommes allongés.

Doucement, tes lèvres ont caressé ma peau. Mon souffle est devenu frisson. Nos doigts se sont noués. Sur nos fronts collés, un voile de sueur. Pour la première fois de ma vie, ma bouche goûtait à la peau d'un autre. Dure et salée. Pour la première fois de ma vie, un autre devenait une fraction de moi. Alors, seuls nos corps ont compté. Je n'avais jamais été aussi proche de qui que ce soit auparavant. Si tu étais parti, je me serais retrouvée amputée. Mon bas-ventre a connu une douleur sèche, diffuse. Tu es resté en moi comme un mal nécessaire que j'ai aimé.

Mes coudes râpaient contre le mur au fil de tes mouvements. Je ne sais pas si j'ai pleuré ou si j'ai ri. J'ai pensé à la vanille. J'ai pensé à ma mère et à mon père. Je me suis souvenue qu'il ne l'avait jamais battue, qu'il ne l'avait jamais forcée à quoi que ce soit. J'ai lu dans tes yeux qu'il en irait de même.

Tu me faisais mal, mais qui eût été aussi doux que toi ?

Tu as appuyé ton front contre ma couche, par-dessus mon épaule. Tes bras m'ont enveloppée. Ton corps a ceint le mien. Et soudain, tes mouvements ont cessé. Tu es resté en moi. Mes doigts ont appuyé sur la peau de ton dos. Mes bras t'ont serré. Mon visage s'est lové au creux de ton cou. Comme si ces mouvements évidents étaient inscrits au plus profond de nous avant que nos membres aient la grâce de les entreprendre. Pour la première fois, j'ai ressenti la gêne du bonheur et de la chair. Le trouble d'un instant égoïste.

Combien de temps sommes-nous restés ainsi ? J'aurais pu attendre que le four s'éteigne et que nos corps soient enlevés par le froid. J'aurais accepté que rien n'eût jamais eu lieu auparavant et que la Terre cesse son parcours.

Mais l'heure est venue. Elle vient toujours. Les proches quittaient la maison et ma mère allait se retrouver seule. Notre étreinte s'est défaite d'elle-même. Comme une évidence. Comme une promesse. Le trouble et la gêne s'évaporaient peu à peu. Nous avons ramassé nos vêtements et nous sommes rhabillés. Tu as passé ta paume contre mon front et tu as essuyé les perles de sueur. Je n'osais pas te regarder dans les yeux. Je t'ai pris la main et nous avons avancé vers la porte d'entrée. La pluie avait cessé. Tu m'as retenue avant que nous ne sortions. Avant de dire ce que tu avais à dire, tu as souri. Mes yeux se sont à nouveau éclairés.

Mais tu me manquais déjà.

Rose

5

Sacha fut mise en attente par le secrétariat de Bernard Witz. Dans un froissement de papiers, son assistante reprit la communication. Avant de transférer l'appel au rédacteur en chef, elle transmit à Sacha un message de la part de Marie Bréal : le siège social de la société « Fire » était situé au Cap, il s'agissait d'une compagnie de transports routiers et maritimes, dirigée par un certain Philip Saunders.

Sacha la remercia, la pria de se renseigner davantage au sujet de cet homme, dont il se confirmait qu'il n'était pas inspecteur de police, et de sa société, son chiffre d'affaires, sa structure capitalistique, ses clients réguliers, les liaisons courantes qu'elle assurait. En espérant qu'ils n'avaient pas tous été envoyés en Afrique du Sud, Sacha demanda à l'assistante de Bernard Witz de vérifier si des confrères, peut-être de RFI ou du *Soir*, se trouvaient en ce moment dans la zone des Grands Lacs.

Bernard Witz reprocha à la journaliste de n'avoir pas donné signe de vie.

— Il se passe des choses probablement plus importantes que les élections sud-africaines, Bernard.

— Dis-moi au moins si vous avez été blessés, comment vous avez été pris en charge.

— On s'en fout, de cet accident. Sur les docks du Cap, on a embouti un camion qui transportait des caisses entières de machettes. Il faisait partie d'un convoi de quatre semi-remorques à destination du Rwanda. Votre secrétaire vient de m'apprendre qu'un type dont j'ai reçu la visite et qui s'est fait passer pour un inspecteur de police n'est autre que le patron de la société qui achemine ces machettes. S'il est venu me voir, c'est parce que ses gars ont dû lui dire que je m'étais intéressée de trop près à sa marchandise. Et dans chaque camion il y a un soldat rwandais qui accompagne la cargaison à destination. Ma chambre d'hôtel a été visitée ce matin, et les seuls articles parmi plus de deux cents que les types ont embarqués sont ceux qui ont trait à la région des Grands Lacs, faxés la nuit dernière par Marie. Sans oublier l'appareil photo de Benjamin, avec lequel j'ai pris hier quelques clichés de la cargaison.

Sacha faisait le point de manière sérieuse pour la première fois.

— Qu'est-ce que tu essaies de me dire, Alona ? Vous ne voulez quand même pas aller au Rwanda pour si peu, et alors que tu n'as pas envoyé un seul malheureux papier ?

— Benjamin et moi sommes retournés sur les docks ce soir. J'ai vu le hangar dans lequel ils entreposent leurs marchandises. Un camion plein à craquer de machettes et de fusils-mitrailleurs a pris la même route que ceux d'hier, avec à son bord un soldat rwandais. Les armes doivent être livrées à Kigali... Ils font signer un bon de livraison pour des armes au beau milieu des docks, tu imagines ? C'est toute une filière.

— Mais ça ne veut rien dire, Alona. Les élections n'ont pas eu lieu, la corruption reste endémique en Afrique du Sud, et ce n'est quand même pas moi qui vais t'apprendre que payer des gardes-frontières n'est pas nouveau. Et puis, la machette reste l'outil de base des travaux agricoles, non ?

— Alors pourquoi des militaires escortent-ils les livraisons ? Et pourquoi autant d'armes en l'espace de deux jours ? Pourquoi des chauffeurs *civils* (elle insista sur ce terme) nous ont-ils mis en joue dès lors que nous nous sommes approchés de leur camion après l'accident ? Et pourquoi le patron de la société de transport me rendrait-il visite sous prétexte que j'ai embouti un pare-chocs ?

Bernard Witz soupira. Sacha reprit :

— Et ce n'est pas tout. J'ai jeté un coup d'œil à un journal rwandais tout à l'heure. Ces gens appellent à l'échec des négociations interethniques et au meurtre des Tutsi du Rwanda. Essayez de vous procurer cette presse, vous verrez bien. Et je ne vous parle même pas des derniers massacres dont le journal a fait état ;

Marie m'a envoyé tous les articles qui traitent du sujet. Bernard, je veux aller au Rwanda, je ne reste que deux jours et je rentre au Cap ou à Johannesburg.

— Alona, je suis désolé, mais si tu quittes le pays on n'aura plus aucun correspondant sur place. On verra ton histoire de Rwanda plus tard. En attendant, je dois te demander de rester.

Sacha se mordit la lèvre. Sans chance, les intuitions ne sont rien, et depuis qu'elle exerçait ce métier elle avait appris à considérer le manque de chance comme une faute professionnelle.

L'avion pour Kigali, *via* Nairobi, décolla à 6 heures le lendemain matin.

Daniel,

Du prénom que tu lui as choisi ou du banquet de sa naissance, je ne sais ce qui m'a bouleversée le plus. Le bonheur semble s'être immiscé et, malgré ton nouveau départ demain, puisse le ciel faire que celui-ci s'étende à jamais sur nos existences.

En début d'après-midi, je suis allée m'allonger dans la maison de vanille avec le bébé. Pour la première fois depuis sa naissance il y a huit jours, il a semblé paisible. Il était si calme que je me suis endormie à son côté, après l'avoir minutieusement observé.

De longues heures se sont écoulées ; à son réveil, la nuit était tombée. Quelques lueurs au loin se reflétaient dans le miroir. J'ai pris le bébé contre mon sein, il avait faim. Rassasié, il s'est de nouveau assoupi. Je l'ai couvert puis l'ai gardé dans mes bras, sa tête nichée dans le creux de mon épaule.

En franchissant la porte qui me séparait du jardin de la résidence de l'ambassadeur, je vous ai vus. J'ai éprouvé un sentiment indescriptible, une joie latente, une impatience, la crainte que le tableau que j'avais sous les yeux ne se dissipe. J'aurais voulu que cette image soit figée à jamais.

Cette table était si grande et cette nappe, si blanche. Tous vous vous êtes tus et nous avez regardés parcourir ce jardin. Vous étiez tous assis. Agathe, qui était venue de Butare, Marie, Jeanne, Aline, leurs enfants. Elles portaient des robes blanches, légères. Théodose, Janvier, Pancrace, Jean. Les hommes avaient mis de belles chemises. Seule ma mère se tenait debout, si droite, si douce, si affairée. Tu t'es levé et tu as pris le bébé dans tes bras, il semblait minuscule.

Ma mère, Marie et Jeanne se sont dirigées vers la résidence. Elles sont revenues quelques instants après, un silence enveloppait cette table de gens confus, bouffis de timidité, si étrangers à l'idée de manger en public et davantage encore dans la porcelaine prêtée par l'ambassadeur, à ce jardin, aux lumières des chandeliers. Elles étaient accompagnées du chef de mon enfance, qui tenait ma mère par le bras. Il se dirigea vers nous, puis, avec la même douceur que celle que nous lui avions connue lorsqu'il avait annoncé à mon père qu'il lui succéderait, il dit :

— Ma chère enfant, votre mère m'a appelé à Abidjan, où je travaille actuellement. Elle a demandé si j'acceptais de la rejoindre pour cuisiner avec elle pour cette occasion. Croyez-le ou non, mais je n'ai pas hésité longtemps. Elle est très douée, vous pouvez être fière d'elle. Comme j'ai été fier de votre père.

J'ai regardé ma mère, ma poitrine était gonflée d'orgueil. Ce jour resterait dans la mémoire de chacun d'entre nous. Ils disposèrent sur la table une succession extraordinaire de mets. Tout d'abord, des plats rwandais qui semblaient avoir été dressés autrement. L'ordre des couleurs leur conférait une esthétique, une harmonie que nous ne leur connaissions pas. Il y avait de l'igisafuliya *de poulet avec de fines tranches de bananes plantains, de céleri et de la fondue de poireaux. Il y avait de* l'umutsima *de manioc et de maïs,* l'isombe *que ma mère prépare si bien, avec de l'aubergine revenue à feu doux et du manioc. Il y avait des beignets et des* sambaza *de poisson frit.*

Chacun d'entre nous goûtait avec la joie d'un enfant qui découvre une saveur, comblé par l'idée qu'il se délecterait de tout. Lorsque nos assiettes furent vides, ma mère et le chef couvrirent la table de mets que, l'espace d'un instant, nous n'avons pas osé toucher. Le chef rompit le silence puis désigna chacun des plats. Il y avait de petits soufflés au fromage et aux asperges vertes. Une salade de légumes croquants sur lesquels étaient disposés des œufs pochés. Une tarte croustillante aux anchois. Des coupelles pleines d'une huile d'olive au parfum entêtant. De la pulpe de tomate y avait été mélangée, et il convenait de goûter le tout avec des petits pains chauds. Du foie gras. Puis vinrent ensuite les plats. De la blanquette de veau à l'ancienne. Du poulet fermier au citron. Des coquillettes au jambon et au pecorino. Des tronçons de turbot aux coquillages. De la purée à l'huile d'olive des Baux-de-Provence. Une épaule d'agneau confite aux olives. J'ai tout noté dans mon carnet, pour ne rien oublier.

Nous nous regardions sans parvenir à y croire. Puis le chef dit :

— Il n'est pas question de laisser les soufflés retomber. Bon appétit !

Et il se servit. Quelques secondes plus tard, il s'interrompit, déposa ses couverts à la hâte, courut vers la cuisine, les convives s'étaient figés. Le chef revint les bras chargés de bouteilles de côte-rôtie et de crozes-hermitage qu'il déboucha à la hâte. Il fit le tour de la table, remplissant les verres, même des plus jeunes. Il était essoufflé.

— Mes amis, trinquons au bonheur de Rose, de Daniel et de leur bambin. Ces vins sont produits dans la belle et grande vallée du Rhône. Vous savez que j'ai bien connu le grand-père de cet enfant. Et je peux vous dire qu'il aurait été fier que ce repas soit arrosé avec ces vins. Permettez-moi donc d'avoir une pensée émue en son souvenir. Et régalez-vous !

Le bruit des couverts, les verres qui tintent. Au début, avec calme. Mais alors que les assiettes se remplissaient, que les plats passaient de main en main, que chacun veillait à ce que ses voisins goûtent de tout, un doux vacarme s'empara de la table. Ma mère expliqua comment elle avait enseigné au chef la manière dont les beignets doivent être plongés dans l'huile, comment le chef avait cuisiné les coques dans le vin blanc. On savourait. Le temps s'était arrêté. D'ordinaire si discrètes, les femmes rirent à gorge déployée.

Le chef décrivit la robe particulière du côte-rôtie. Il évoqua les sols en pente et les murs en pierre sur lesquels sont dressés les pieds de vigne, leur orientation parfaite. L'élégance, les arômes de cassis, de vanille. Nous buvions ses paroles. Il évoqua les pays où il avait exercé depuis son départ de Kigali – l'Algérie, l'Italie, la Côte d'Ivoire. Il expliqua comment il avait voyagé jusqu'au Rwanda avec certains des produits nécessaires à la préparation du dîner.

Le trop-plein de nourriture importait peu. On mangeait parce qu'un repas pareil ne se reproduit jamais. On éclatait de rire, on pointait du doigt les plats qui nous émerveillaient. Pour ne pas être seul à les goûter, pour que la sensation provoquée par chacune de ces bouchées soit partagée. Nous étions des quartiers de soleil. Nous ouvrions grand les yeux puis nous les fermions. Progressivement, les uns et les autres reculèrent leur chaise, rassasiés, le sourire aux lèvres. Les assiettes furent débarrassées, le calme s'installa. Les enfants s'éloignèrent, le jardin résonnait de leurs rires, les adultes avaient oublié leur quotidien.

Tu t'es levé, Daniel, tu étais en face de moi. Tu tenais le bébé dans tes bras. Nous autres Rwandais sommes plutôt taiseux, je sais qu'il t'en a coûté de prendre la parole de cette manière en public.

— Rose, mon aimée, ce dîner a été préparé en l'honneur de notre fils mais aussi pour toi. Je veux remercier ta mère qui est la meilleure des cuisinières de ce pays et Son Excellence l'ambassadeur pour son accueil. Je veux aussi remercier le chef d'avoir fait ce long voyage et

d'avoir préparé ces plats que nous n'oublierons jamais. Et puis, en l'honneur de ton père, qui aurait été si heureux d'être à nos côtés, mais aussi parce que ce dîner est un peu le sien, je souhaite que notre fils porte son prénom. Joseph.

Tu as regardé notre fils, il dormait. Toute la table a applaudi, ta demande venait de recueillir l'assentiment de chacun. Je t'ai souri. J'étais transportée par la joie. Tu as de nouveau pris la parole en t'adressant à lui.

— Mon fils, je te souhaite de vivre, de vivre furieusement. Je nous souhaite de te serrer dans nos bras de longues années. Je nous souhaite de te voir nous rejoindre chaque matin dans notre lit pour nous réveiller. Je ne sais pas dans quel Rwanda tu as vu le jour. Peut-être parviendrons-nous à t'élever dans un pays en paix. Peut-être le ciel se chargera-t-il des nuages de la colère. Nous ferons tout pour te rendre heureux. Et vous, mes amis présents, promettez-moi de toujours vous souvenir de ce dîner. Nous sommes ici autour de cette table, Tutsi, Hutu, ou simplement Rwandais, heureux de partager un repas merveilleux, dans la maison de l'ambassadeur de France, pour la naissance de l'un de nos fils. Faisons en sorte qu'il grandisse dans un pays qui aura effacé les différences. Faisons-nous la promesse de nous retrouver autour de festins à chaque réjouissance. À Joseph. Santé !

Les verres se levèrent. Le tintement du cristal ne s'éteindra jamais. Le chef s'était éclipsé quelques secondes plus tôt, il venait de regagner la table en poussant un chariot surmonté de desserts. Il fut accueilli par un grand éclat de rire. La vie sait parfois offrir de tels instants. Les douceurs furent disposées sur la table. Une tarte fine aux quetsches. De la mousse au chocolat. De petits pots de crème brûlée à la lavande. De la brioche perdue avec des framboises. Des financiers à la pistache. Des figues fraîches avec de la ricotta. Nous avions la sensation de voler. Repus, les hommes défirent les premiers boutons de leur chemise. Les femmes faisaient battre leur jupe pour rafraîchir leurs jambes.

La langueur des bienheureux.

Des yeux, j'ai tenté d'embrasser ce grand jardin. L'insouciance des enfants était contagieuse. Quelle qu'ait été l'existence de chacun, un doux flot pour certains, une gifle pour d'autres, chacun des visages que je voyais là arborait un sourire béat.

Le repas allait prendre fin lorsque le ciel craqua. Le Rwanda, comme pour se rappeler à nous, vint surprendre notre tablée, forçant les invités à débarrasser à la hâte, à reprendre le chemin de leur maison, à se rendre à l'évidence : ce dîner n'avait été qu'une parenthèse, un enchantement.

Rose

6

Sacha voguait sur une mer de forêts. Des nuages épars épousaient la courbure de l'avion. Benjamin et elle se posèrent sur la piste de l'aéroport international de Kigali. La matinée touchait à sa fin, le tarmac était gardé par des soldats qui guidaient les passagers vers le terminal. La nonchalance de leurs gestes, le nombre de véhicules militaires stationnés soulignaient, d'emblée, l'omniprésence de l'armée. Un véhicule blanc de l'ONU était garé à l'entrée du bâtiment. Des casques bleus belges observaient d'un œil tendu les allées et venues des passagers, des militaires, des véhicules de l'aéroport. La Minuar, contingent déployé au Rwanda par le Conseil de sécurité des Nations unies, était là pour veiller à l'application des accords d'Arusha.

Au contrôle des passeports, à la douane, les Français étaient bien reçus. Une dizaine de taxis patientaient à la sortie de l'aéroport. L'un des chauffeurs, souriant, une cigarette à la main, leur fit signe. Il les invita à monter dans sa voiture. Les journalistes lui demandèrent conseil : ils souhaitaient résider dans un hôtel à taille humaine. Le chauffeur se tut un moment, réfléchit. Ils quittèrent la zone aéroportuaire. Alignés devant un ciel devenu brusquement menaçant, quelques drapeaux rwandais étaient hissés sur leurs mâts.

Sacha ne s'était pas encombrée de formalités particulières après les événements survenus sur les docks, au Cap. Elle avait tenté de joindre Frédéric Larrieu à l'ambassade de France à Kigali, sans succès. Le réseau téléphonique au Rwanda semblait inlassablement perturbé. Sacha envisageait d'effectuer un court séjour à Kigali, d'y rédiger quelques papiers avant de retourner en Afrique du Sud. Elle n'avait pas prévenu Bernard Witz de son départ.

Après leur conversation téléphonique, elle avait rassemblé quelques vêtements, rejoint la réception de l'hôtel Hermitage puis réglé la note par carte bancaire. Elle avait ensuite déposé un mot de remerciement à l'intention du directeur, qui avait mis une nouvelle chambre à sa disposition. À l'hôtel, Benjamin s'était renseigné sur les vols à destination de Kigali. Par chance, un avion devait décoller pour Nairobi quelques heures plus tard, l'escale ne serait pas longue. Ils étaient passés par les bureaux de l'agence de Benjamin au Cap ; ils avaient emprunté une valise Inmarsat leur permettant de disposer sur place d'un téléphone satellitaire, un Dixel et un modem Motorola grâce auxquels le photographe pourrait envoyer quelques-uns de ses clichés à la rédaction du quotidien à Paris. Ils avaient gagné l'aéroport en taxi. Benjamin avait tout juste eu le temps d'acheter un nouvel appareil photo à la boutique *duty free*, un Kodak DCS 400 series. Il avait convaincu le vendeur de lui céder son seul et unique exemplaire, censé servir de modèle d'exposition : le produit serait officiellement mis en vente le mois suivant.

Dans l'avion, Sacha acheva de lire les articles transmis par *Le Temps*. Elle parvint à se faire une idée plus précise de la situation du pays dans lequel ils se rendaient, auquel elle s'était si peu intéressée jusque-là. Il ne semblait pas exister à proprement parler de distinction ethnique ou religieuse entre Hutu et Tutsi. D'ailleurs, la frontière entre les deux communautés était à l'origine relativement poreuse. Hutu et Tutsi partageaient les mêmes caractéristiques de langue, de civilisation, de coutumes et de religion. La différenciation, pour peu qu'il fût justifié d'en examiner les racines, était davantage de type clanique, voire sociologique.

La colonisation allemande du Rwanda avait conduit le souverain tutsi à asseoir son autorité sur les rois hutu. Le traité de Versailles mit fin en 1919 à la tutelle germanique sur la région ; les Belges, qui héritèrent du contrôle de la zone, firent du roi tutsi un souverain affidé. Tâche lui fut confiée de collecter l'impôt. Les colons s'appuyèrent sur son entourage pour administrer le pays. Les Belges et l'Église catholique, à l'influence si irrésistible et si centrale, plaquèrent sur les relations qu'entretenaient les autochtones une grille de lecture étrangère, racialisée. Européens et missionnaires entreprirent de classifier, de théoriser les écarts sociaux existants, soulignant les caractéristiques physiques et comportementales des habitants. Les Tutsi étaient grands, dotés d'un nez aquilin, doués d'une intelligence particulière ; les Hutu étaient trapus, forts, rugueux. La création de cartes d'identité mentionnant l'ethnie, déduite d'après la quantité de têtes de bétail possédées et l'apparence physique, acheva de figer la classification.

En 1959, le directeur d'un journal catholique créa un parti politique visant à « restituer le pays à ses propriétaires, les Bahutu ». Les Tutsi étaient assimilés à des colons. Leur joug était décrit comme plus cruel que celui des Européens. Il fallait en débarrasser le pays. Cette même année, vingt mille d'entre eux furent assassinés. Trois cent mille autres quittèrent le Rwanda. Il s'agissait des premiers massacres répertoriés. On ne trouvait pas trace d'un antagonisme ayant conduit à un conflit d'ampleur significative entre Hutu et Tutsi avant cette période. Dès l'indépendance du pays, acquise en 1962, le régime se mit à institutionnaliser ces différences, accrut la marginalisation des Tutsi, parvint à ancrer dans les esprits l'inclination supposément dominatrice inhérente à cette minorité dont il convenait de craindre les agissements. La peur est un mécanisme efficace pour installer l'idée d'un « eux contre nous » obsessionnel.

« Eux contre nous », c'était à quoi se résumait l'avertissement que lançait le journal trouvé au Cap. Sacha se demanda quelle proportion des lecteurs du *Temps* s'était intéressée à ces pages.

Les décennies suivantes avaient été émaillées de tentatives d'incursions tutsi depuis les pays dans lesquels ils s'étaient réfugiés, généralement repoussées et régulièrement suivies de massacres. Les forces tutsi attaquaient depuis l'extérieur ; en représailles, le pouvoir assassinait les Tutsi de l'intérieur. L'exil s'intensifia, les auteurs des tueries ne furent pas poursuivis. En 1973, Juvénal Habyarimana, chef et ministre de l'Armée, de la Garde nationale et de la police, prit le pouvoir. Sous couvert d'établir une forme de concorde rwandaise, il imposa des quotas. Le nombre de Tutsi qui avaient accès aux études et à l'emploi était désormais limité.

Les réfugiés tutsi ne furent pas autorisés à regagner le Rwanda. Stationnés dans les pays limitrophes, ils constituèrent une force armée, le FPR, pour « Front patriotique rwandais », qui lança une offensive majeure au mois d'octobre 1990. Une simulation d'attaque sur Kigali servit de prétexte au pouvoir en place pour procéder à une vague massive d'arrestations suivies de violences. L'offensive du FPR fut repoussée, avec l'aide de la France, soucieuse de maintenir son influence dans la région, celle-ci étant étroitement liée au régime en place.

Cédant à la pression internationale, Juvénal Habyarimana accepta de constituer un gouvernement expurgé des éléments les plus extrémistes. Des négociations de réconciliation firent espérer que l'engrenage raciste allait s'enrayer ; il n'en fut rien. La propagande continua de prospérer. Le président feignit d'entamer un processus de démocratisation, mais celle-ci fut limitée aux différentes factions hutu. Certaines d'entre elles, d'ailleurs, semblaient échapper à son contrôle et entreprirent de saper la mise en œuvre des résolutions issues des accords d'Arusha, censés sceller une certaine forme de réconciliation.

Vu de la colline sur laquelle était posé l'aéroport, Kigali était une ville en creux. Seule la ligne d'horizon mettait fin à l'enchevêtrement de maisons en pisé ou en briques de terre ocre, à la succession de bâtiments beiges et bleu ciel, aux quelques chaussées d'asphalte bordées de rues poussiéreuses. Un vent orangé balayait la ville. Ici encore, des soldats aux yeux fixes, aux paupières lourdes.

La pluie. Accablante. Qui s'abattit sur la voiture, sur la ville tout entière. Des gamins couraient pieds nus se réfugier sous les minces couches de tôle qui servaient de toit à des milliers de familles. Des trombes d'eau débordaient sur les côtés. La voiture laissait l'empreinte de ses pneus dans les rues boueuses. Sacha eut le sentiment que le véhicule s'enfonçait dans une aquarelle vivante.

Ils traversèrent une longue avenue, puis la voiture s'engagea dans une sorte de renfoncement au bout duquel une pancarte jaune leur annonça qu'ils étaient arrivés. « Chez Lando ».

Depuis la route, l'endroit ne payait pas de mine. Passé la grille d'entrée, on apercevait une succession de petites maisons de brique rouge, séparées par quelques rangées de fleurs. Plus loin, d'autres bâtiments de deux ou trois étages accueillaient également des clients.

Le chauffeur avait fait le bon choix, l'endroit plut immédiatement à Sacha. Elle régla la course avec quelques dollars, attendit que la voiture s'éloigne pour passer la porte de la réception. Les journaux du jour étaient disposés dans un bac en bois posé sur le sol, à côté de fauteuils de couleur beige. Un magazine faisait état d'une conférence régionale organisée le jour même en Tanzanie et à laquelle participait le président Juvénal Habyarimana. Sacha se rendit compte qu'il s'agissait manifestement de la conférence qu'avait évoquée Frédéric. Posée sur un siège, la même édition de *Kangura* que Benjamin avait lue dans le hangar du Cap. Elle ouvrit le journal quand un homme, la mine irritée, s'en saisit, le jeta à l'arrière du présentoir de la réception. Sacha resta les bras ballants, scruta le visage aux joues pouponnes sur lesquelles étaient posées de larges lunettes.

— On ne lit pas ça chez moi, dans mon hôtel.

C'était sans concession.

Sacha et Benjamin venaient de rencontrer Lando. Les journalistes lui expliquèrent qu'ils n'avaient jamais mis les pieds au Rwanda et qu'ils étaient tombés sur un exemplaire de *Kangura* en Afrique du Sud, sur le lieu de déchargement d'un camion dans lequel voyageait un militaire rwandais – l'emploi du terme « voyager » fit tiquer Lando ; que la tonalité des articles et l'étrangeté de la situation avaient essentiellement guidé leur choix de venir à Kigali.

Lando leur tendit la main, leur souhaita la bienvenue. Il consacrait peu de temps à son activité hôtelière, il se trouvait sur place pour une série de rendez-vous et en profitait pour mettre de l'ordre dans ses affaires. Vice-président du Parti libéral du Rwanda, il avait été nommé ministre du Travail et des Affaires sociales dans le gouvernement de transition. Il autorisa Sacha à passer un appel à Paris depuis la réception. Elle laissa les coordonnées téléphoniques de l'hôtel au standardiste de l'Hermitage, afin qu'il puisse les transmettre à la rédaction du *Temps* pour le cas où Bernard Witz voudrait les joindre.

Sacha remit la main sur le journal. La situation était ambiguë : alors que le président Habyarimana se trouvait en Tanzanie afin d'évoquer l'application des accords d'Arusha, il laissait publier, en toute impunité, les ignominies de *Kangura*. Le dirigeant rwandais avait favorisé, encouragé l'essor des suprématistes historiques ; il en faisait partie. Mais il se voyait aujourd'hui dépassé par ceux qu'il avait lui-même placés aux postes clés. L'extrémisme est une course, une surenchère constante. Une fois qu'il est installé, il lui faut se maintenir, savoir durer. Pour certains, la gageure est élevée au rang d'art. Le président continuait de se rendre aux réunions régionales, de répondre aux appels de la communauté internationale, ne quittait pas la table des négociations, il ne faut jamais perdre la face sur ce plan-là. Pendant ce temps, les hommes qu'il croyait à sa solde servaient uniquement les intérêts du suprématisme hutu, celui qu'il avait laissé prospérer.

Les mains de Lando s'affairaient machinalement derrière le comptoir de la réception.

— Habyarimana joue le rôle que les extrémistes veulent lui faire jouer. Il a encouragé la révolte des Hutu contre une prétendue domination tutsi. Il a armé les milices qui tuent nos frères quand bon leur semble, et aujourd'hui il est dépassé par les ultras de son propre camp. À mots à peine couverts, ils exigent de lui plus de violences à notre encontre, moins de concessions, un pouvoir sans partage. Nos proches en ont payé le prix. J'ai frôlé la mort à plusieurs reprises, les *Interahamwe* défilent devant l'hôtel, le président ne lève pas le petit doigt pour les en empêcher, les uns et les autres se regardent avec méfiance.

— Et le FPR ?

— Le FPR ? Que voulez-vous qu'il fasse ? Des centaines de Tutsi ont déjà été assassinés, et aucune de ses incursions n'a jamais apaisé la situation.

Sacha lui demanda si elle pouvait prendre quelques notes ; il acquiesça mais la pria de ne pas le citer nommément, étant tenu par le devoir de réserve. Lando haussa les épaules, ne put que reconnaître combien sa position était fragile, paradoxale quand un homme, le pas pressé, s'engouffra dans la pièce. Il contourna le comptoir d'accueil, glissa un mot à l'oreille de Lando, qui hocha la tête en silence, les yeux rivés sur ses mains. Puis l'homme s'éloigna en direction des chambres ; il emprunta le couloir frais et sucré dissimulé derrière des portes à battants de bois. Elles grincèrent en se rabattant.

Daniel Kobeyisi ne s'était pas rendu à Kigali depuis plusieurs semaines. Il ne parvenait pas à se départir d'une certaine mélancolie ; les battements de son cœur, imperceptiblement, se firent plus rapides. Malgré les règles d'extrême prudence qu'il s'était fixées, il s'accorda de minuscules détours, observa, emplit ses poumons d'un air que l'éloignement l'avait conduit à apprécier. Son enfance était intimement liée aux rues de Kigali. L'amour des lieux est une chose étrange, on n'en prend conscience qu'après les avoir quittés.

Chirurgien obstétrique, il avait suivi une formation aux secours d'urgence dans le Kansas, au Munson Army Health Center. C'est à cette période que Paul Kagame fut envoyé à Fort Leavenworth pour effectuer un stage de commandement militaire. Naturellement, les deux hommes se rapprochèrent. À son retour en Afrique, Daniel le rejoignit, en tant que médecin particulier. Depuis, il partageait son temps entre les montagnes des Virunga, où étaient stationnées les troupes du FPR, et Kigali, où vivaient sa femme et son fils. Daniel profitait de ses visites dans la capitale pour emporter des stocks de médicaments que Lando entreposait dans une réserve de l'hôtel.

Convaincu qu'il était impossible d'assumer à la fois son rôle de père et sa fonction de médecin à des centaines de kilomètres de distance, trop entier pour parvenir à exercer pleinement ces deux missions, trop méticuleux pour se contenter de cette double figuration que la situation lui imposait, Daniel souffrait de l'éloignement. Auprès des siens, il culpabilisait de ne pas se trouver au nord ; de retour auprès des troupes du FPR, il se morfondait de ne pas voir son enfant grandir plus de quelques jours par mois. Dans le meilleur des cas.

Une tristesse évidente, une fatigue lancinante se lisaient sur son visage, pour qui ne s'arrêtait pas à la carrure de l'homme. Grand, élancé, il dégageait une sorte d'élégance. Face à lui, les situations les plus insolubles devaient s'arranger d'elles-mêmes, Daniel avait observé cette certitude dans le regard de trop nombreux blessés. On n'imaginait pas qu'un obstacle pouvait lui barrer la route, qu'une lésion pouvait lui résister, qu'un traitement serait hors de portée. Trop souvent, pourtant, il avait été confronté aux meurtrissures de la guerre, aux plaies béantes, aux membres atrophiés. Certaines attaques laissaient soupçonner que des soldats étaient sacrifiés pour tester les réflexes de l'ennemi. Il fallait réparer avec les moyens du bord, généralement déplorables ; on ne pratiquait plus la médecine mais des soins d'urgence, des travaux de couture, de raccommodage, il n'était plus question de traitements de longue durée, l'idée même de rééducation n'effleurait personne.

Une partie du camp lui avait été assignée, une tente de fortune y fut dressée. Mais le médecin ne parvint jamais à atteindre le niveau d'hygiène requis pour exercer dans des conditions satisfaisantes. Il veillait jalousement sur un stock de médicaments, de compresses de gaze et de gants stériles qu'il était parvenu à constituer grâce à ses allers et retours entre la capitale et les Virunga. Dès que Daniel avait le dos tourné, certains soldats allaient y piocher, faisaient des provisions, surtout de bandes et de morphine, le médecin ne l'ignorait pas. Chacun craignait pour sa vie ; la peur de se retrouver seul en milieu hostile, blessé, était vivace. Daniel n'était même pas certain que les soldats sauraient nouer un garrot.

Le médecin avait réussi à composer une réserve de boîtes chirurgicales, grâce aux liens qu'il avait tissés avec les équipes de la Croix-Rouge en RDC et en Ouganda. Il les avait fait déposer dans le quartier de Paul Kagame ; personne ne songerait à les dérober au nez et à la barbe du dirigeant du FPR. Il veillait de cette manière sur un stock de ciseaux, de bistouris, de sondes et de pinces, il disposait même de quelques instruments de chirurgie osseuse.

L'extrême précarité des conditions dans lesquelles il exerçait le désespérait. L'homme ne s'en ouvrit jamais, il était de ceux qui encaissent jusqu'à la rupture définitive, étranger aux invectives, à la contestation, trop fidèle pour s'épancher, trop légitimiste pour discuter les ordres, partagé entre sa conviction que seul le FPR était à même de défendre les Tutsi du Rwanda – avec la nécessité qui en découlait de se battre à ses côtés – et l'envie d'en finir, de passer à autre chose. C'était bien simple : depuis la fin de son internat, Daniel n'avait pas pratiqué sa spécialité, ses mains n'avaient plus saisi le corps d'un nouveau-né. Les gestes s'évaporaient. Peut-être, au fond de ce camp, les oublierait-il pour toujours ? Il s'était lancé dans des études de médecine contre l'avis de son père, l'idée du progrès chevillée à l'âme, et non dans l'intention de rafistoler de pauvres soldats à la chaîne.

La situation s'enlisait. Mais ces hommes-là tiennent, ils ne ploient pas, maintenus par le fil invisible du devoir, engoncés dans la noblesse de leurs actes. Lorsqu'on vous enseigne la souplesse, une myriade de solutions, de compromis, de possibilités fleurissent à chaque moment de votre vie. Mais lorsqu'on vous donne pour compagnons de jeunesse la rigueur, la droiture et l'honneur, seules deux options s'offrent à vous : tenir, quelles que soient les circonstances, ou craquer.

Daniel rejoignit la petite réception quelques instants plus tard. Son visage leur apparut en plein jour. Les traits saillants, des pommettes hautes. Sous son œil, une cicatrice claire, en forme de goutte. De loin, on pouvait croire qu'une larme, sans cesse, en coulait.

Daniel s'avança vers Sacha et Benjamin ; il leur tendit une main aux veines noueuses, à la paume calleuse, aux ongles impeccables. Lando fit les présentations. Sacha lui demanda s'il accepterait de les conduire jusqu'à Paul Kagame. Daniel lança un regard en coin à Lando. Le ministre pencha légèrement la tête du côté droit. Il soutint son regard, ne répondit pas. La complicité des êtres a quelque chose de déroutant.

— Que lui voulez-vous ?

— Simplement lui parler. Lui proposer un entretien pour le journal qui m'emploie. Les relations interethniques sont, plus que jamais, tendues au Rwanda, et j'aimerais connaître sa version des faits.

Imperceptiblement, Daniel serra davantage la main de Sacha. Un léger sourire, un amusement résigné, parcourut le visage du médecin.

— Des « relations interethniques tendues », dites-vous.

— L'expression vous semble incorrecte ?

— C'est un doux euphémisme, en effet.

— Laissez Paul Kagame me l'expliquer de vive voix.

Sacha souriait elle aussi.

— Nous ne pouvons malheureusement pas nous permettre d'emmener le premier venu pour le présenter à Paul Kagame. Je ne vous connais pas, je ne connais hélas pas votre journal, et je dois respecter un certain nombre de consignes de sécurité. Je vais vous dire comment contacter le porte-parole du FPR, et vous suivrez la procédure habituelle.

Il ôta sa main et fit un pas vers le comptoir de la réception. Sacha fixa la fenêtre puis reprit d'une voix absente :

— Mon job consiste à rédiger des articles, monsieur Kobeyisi. Je ne connais pas grand-chose au Rwanda, mais il m'arrive d'avoir de bonnes intuitions. Si toutefois vous acceptiez de me mener jusqu'à lui, vous n'auriez pas d'autre choix que de me faire confiance. Alors je vous le demande sincèrement, ne perdons pas de temps, laissez-moi rencontrer Kagame.

À nouveau, Daniel s'approcha de Sacha. Sa main vint se poser sur son épaule. Il la serra, fronça les sourcils.

— Pourquoi vous intéressez-vous au Rwanda, madame Alona ?

— Parce que je crois comme vous, monsieur Kobeyisi, qu'il se passe dans ce pays quelque chose de plus grave que des « relations interethniques tendues ».

— Auriez-vous changé d'avis ?

— Hélas, ça m'arrive rarement. On me le reproche souvent, d'ailleurs. Je vous dis simplement ce que j'en pense, au fond.

— Comprenez-moi : le gouvernement d'Habyarimana censure les médias d'opposition et pratique la désinformation. Comment être certain que cette interview, encore une fois, ne nous portera pas tort ?

— À dire vrai, comment vous le garantir ? Même si je vous invite à jeter un œil aux articles publiés dans *Le Temps*, qui est l'un des plus importants tirages d'Europe. Vous pourriez tenter de vous faire une idée du journal et de notre manière de traiter l'information.

La main de Daniel se relâcha sur son épaule.

— Je vais demander une autorisation. Soyez prêts à partir demain soir vers 20 heures. Je viendrai vous chercher à la réception de l'hôtel. En cas de changement, je vous avertirai par l'intermédiaire de la réceptionniste.

Lando avait assisté à l'échange. Sacha les questionna au sujet du transporteur « Fire » ; Daniel comme lui semblaient ignorer l'existence de cette compagnie. Le médecin lui promit d'essayer de se renseigner. Il poussa la porte qui donnait sur le parking. Sacha et Benjamin le suivirent, machinalement. Daniel plaça les sacs dans le coffre de la jeep, passa sa main contre le métal du véhicule.

— Vous ne m'avez même pas demandé où se trouvait Paul Kagame.

— Parce que vous nous l'auriez dit ?

Il mit le moteur en marche, recula et ouvrit la fenêtre, alors que Sacha, précédée de Benjamin, entrait dans l'hôtel.

— Au fait ! lança-t-il. Prenez une table au restaurant de l'hôtel. Les meilleures brochettes de chèvre grillées sont chez Lando !

La journaliste se retourna. Elle sourit. Ils n'y manqueraient pas.

La jeep s'éloigna. Lando regagna la réception.

— Lando, lança Sacha, la réunion de Dar es-Salaam ne servira à rien ?

De nouveau, il pencha la tête vers la droite, imperceptiblement.

— Non, elle ne servira à rien. Habyarimana est coincé. Il se ferait tuer par son propre camp s'il permettait à toutes les factions rwandaises de réellement gouverner à ses côtés. Si tant est qu'il en accepte lui-même le principe. Hier, l'ONU a menacé de retirer ses troupes. Je vous le dis comme je le pense : ils veulent nous tuer.

Certains hommes avaient cessé de s'étonner ; ils savaient que le fil auquel était suspendue leur existence allait rompre. Sacha tourna la tête vers l'extérieur de l'hôtel. Cet homme était persuadé de finir assassiné, et, tout en lui parlant, il consacrait une attention minutieuse au tri de ses papiers, de ses dossiers et de ses feuillets de comptabilité.

Le travail, en attendant.

La vie, pour patienter.

Les journalistes prirent possession de leurs chambres, convinrent de se retrouver à l'heure du déjeuner. Alors qu'elle traversait la ville, seule, pour la première fois, Sacha prit quelques notes.

C'est en avril 1994 que j'ai découvert Kigali. J'ai passé la journée à arpenter les rues courbes de la ville. J'y ai vu quelques bandes de garçons à l'allure menaçante, de lourds postes de radio posés sur les épaules, tels des serpents crachant le venin à leur oreille. J'y ai vu plusieurs femmes aux vêtements pastel traverser le bitume de routes cabossées, deux jerrycans jaunes emplis d'eau au bout de bras menus qui s'étiraient vers le sol. J'y ai vu des adolescents courant entre les maisons, des restes de riz collés à la commissure des lèvres, les yeux parfois sales, le sourire toujours éclatant. J'y ai vu un ciel que je n'oublierai jamais, sous lequel des hordes d'hommes en uniformes dépareillés se pavanaient, valeureux pantins, un bâton à la main pour l'un, un fusil pour l'autre. J'y ai vu, sur leur passage, le bruit d'une ville s'arrêter ; ce bruit sourd auquel personne ne prête attention – les klaxons, le démarrage des voitures, le piaillement des oiseaux, les pas d'inconnus sur l'asphalte – et dont on prend conscience lorsqu'il ne vous enveloppe plus. J'y ai vu, sur leur passage, et alors que brusquement ils s'étaient mis à accélérer, quelques commerçants rentrer dans leur magasin, quelques passants s'éclipser. J'y ai vu les minuscules manques de courage, les têtes baissées, les défaites du quotidien. J'y ai vu, alors qu'ils traversaient la rue, des passants en transe et en sueur s'arrêter et leur crier des encouragements. J'y ai vu le naufrage. J'y ai vu un marché magnifique, comme posé sur du sable et abrité de plaques métalliques, dont les fruits odorants, les légumes colorés, les piments froissés présentés à même le sol sur de vastes draps blancs ne peuvent que susciter l'envie et aiguiser l'appétit. J'y ai vu de très beaux jardins, cachés derrière la tôle ondulée de maisons en pisé, au milieu desquels du linge de toutes les couleurs séchait. J'y ai vu des allées pourpres et terreuses, surplombées de collines admirables et de bâtiments bleu ciel et jaunes, entourées de larges avenues bordées d'arbres aux feuilles abondantes. J'y ai vu des dizaines de jeunes gens à moto, transportant derrière eux des passagers trop pressés pour marcher. J'y ai vu des garçons poussant à pied de vieilles bicyclettes sur lesquelles étaient posés des régimes entiers de bananes jaunes et vertes. J'y ai vu des transactions incompréhensibles, de petites constructions de bois actionnées par des gamins sans âge, chargées de paquets, de colis, de bidons, transportés on ne sait où, on ne saura jamais où, comme si leur vie en dépendait. J'y ai vu des bâtiments en briques cramoisies abritant des écoles, des églises, des prisons et des cours vides. J'y ai vu de jeunes enfants obligés de porter des vêtements de petites filles ou des manteaux trop grands et trop chauds pour pouvoir se couvrir. J'y ai vu, en montant à l'arrière d'une moto qui m'a emportée vers l'un des points les plus élevés de la ville, les fougères arborescentes, le damier fascinant des parcelles, vertes, marron, posées à flanc de colline. J'y ai décelé une certaine grâce, une esthétique et, de haut, j'ai ressenti l'envie d'y plonger. J'y ai vu des magasins dont les devantures étaient peintes, les murs bariolés d'images de dames coupant de la viande sanguinolente. J'y ai vu de vieilles personnes, la peau craquelée, rouler à vélo et frôler de lourdes femmes cachées sous des parapluies aux teintes fumées pour se protéger du soleil. J'y ai vu des vaches, petites, sèches, musculeuses, qui avançaient en file indienne désordonnée, le crâne surmonté de cornes majestueuses. J'y ai vu des jeunes filles vêtues de pagnes en coton, accoudées à des voitures, vendre des papayes, des ananas et des épinards couchés dans des paniers en osier posés sur le sol. J'y ai vu des hommes, la voix haute et rigolarde, boire de la bière et du vin de banane au comptoir d'un cabaret aux portes grandes ouvertes. J'y ai vu une école et un orphelinat, quelques lits superposés en métal rouillé jetés dans une pièce trop vaste et des tables de bois entassées dans une cantine trop petite. J'y ai vu des églises aux façades blanches et des hommes assis au pied de leurs marches. J'y ai vu l'orage s'abattre sur la ville, déferler dans les rues, sans prévenir.

Pourtant, chacun savait qu'il viendrait.

Dans l'après-midi, Benjamin fit connaissance avec son nouveau matériel. De son côté, Sacha tenta depuis l'hôtel de prendre contact avec Frédéric Larrieu à l'ambassade de France. La ligne était encore coupée. Elle décida de s'y rendre en taxi. À son arrivée, elle constata que le terrain sur lequel était dressée la résidence était si vaste qu'il était difficile d'en appréhender les contours. L'ensemble était protégé par de hauts murs. Des caméras de surveillance, manifestement récentes, avaient été disposées à intervalles réguliers au-dessus de l'enceinte. Les soldats français, dépêchés sur place dans le cadre de l'opération *Noroît*, patrouillaient aux abords du terrain. Elle se présenta à l'entrée, tout d'abord à un soldat chargé de filtrer les allées et venues, puis au gendarme qui assurait la sécurité intérieure de la représentation diplomatique.

Il la salua, lui posa les questions d'usage. Sacha lui remit sa carte de presse, expliqua que les lignes de téléphone semblaient en dérangement, mais que Frédéric Larrieu l'accueillerait même sans rendez-vous. D'un geste de la main, le gendarme la pria de rester à l'extérieur.

— Attendez ici un instant, je vais voir ce que je peux faire.

Cette réponse diffuse toujours un sentiment de résignation, mais elle est formulée d'une manière telle qu'elle porte l'espoir d'une issue positive.

Quelques minutes plus tard, la grille s'ouvrit de nouveau. Une jeune femme, manifestement une employée locale, accompagnait le gendarme. L'intendante rendit à Sacha sa carte de presse, lui barrant l'entrée. Frédéric Larrieu était effectivement arrivé quelques jours auparavant, mais il avait depuis rejoint la délégation rwandaise en Tanzanie ; il était prévu qu'il raccompagne le président Habyarimana à son retour à Kigali. L'ambassadeur de France était absent, il ne pourrait donc pas répondre aux questions de la journaliste dans l'immédiat ; l'intendante transmettrait sa demande à son assistante, qui la rappellerait.

Daniel tint sa promesse. À l'heure convenue, une jeep se gara sur le parking de l'hôtel. L'homme entra dans l'hôtel, jeta un coup d'œil du côté de la réception et leva les sourcils en apercevant Sacha et Benjamin assis près de l'entrée. Il franchit les portes battantes d'un pas rapide ; il ne revint qu'une dizaine de minutes plus tard, un sac de sport en bandoulière. Il leur dit qu'il n'était pas certain de pouvoir les raccompagner à leur retour, peut-être devraient-ils regagner Kigali par leurs propres moyens.

Ils s'engouffrèrent tous trois dans la voiture. Ils prirent la route vers le nord. L'urgence était de quitter la ville. Identifié au FPR, comme proche de Kagame de surcroît, Daniel n'y était pas en sécurité. Ils feraient une première halte à Ruhengeri puis emprunteraient la route en direction des Virunga.

La jeep roulait lentement. Sous les pneus, le bruit mat du gravier. La voiture se perdait dans une immensité mal éclairée. Daniel rompit le silence.

— Que comptez-vous demander à Paul Kagame, Sacha ?

— Je souhaite simplement évoquer avec lui la situation au Rwanda. Je voudrais parler des tensions, du président Habyarimana, des récents massacres de Tutsi, du FPR. De tout ce dont un journaliste peut avoir envie de discuter dans un pays pareil.

— On appelle ça « discuter » ?

— Par « discuter », j'entends avoir une discussion avec Paul Kagame. Je n'ai pas préparé l'interview, mais je voudrais éclaircir quelques points très précis avec lui. On verra bien si mon rédacteur en chef accepte de la publier. Pour ne rien vous cacher, il ne sait même pas que je suis là.

Daniel braqua son regard sur elle.

— Vous voulez dire que je viens de passer la journée à changer mon itinéraire et à prévenir deux cents soldats de votre arrivée pour que des journalistes rencontrés il y a huit heures puissent avoir une discussion avec Paul Kagame sans qu'on soit même certain que celle-ci se transformera un jour en article ? Nous n'avons pas que ça à faire, madame Alona, nous sommes en guerre ! Vous comprenez ce que ça signifie ?

Il avait brusquement accéléré. Sacha lui répondit posément :

— Oui, je sais ce que ça signifie, croyez-moi. Et c'est justement pour ça que je veux rencontrer Kagame. Écoutez, Daniel : à Paris et ailleurs, les gens se foutent de votre conflit. Ils s'intéressent vaguement à la fin de l'apartheid, ils pensent beaucoup à la Coupe du monde de football, qui démarre dans quelques semaines. Personne ne sait où se trouve le Rwanda, et pour vous dire la vérité j'ignorais qui était Paul Kagame il y a encore soixante-douze heures.

Le médecin se tourna vers Sacha, l'air incrédule. La voiture s'éloignait du centre de la ville. À présent, ils roulaient près de grandes résidences, à proximité du quartier des ambassades et des hôtels d'affaires.

— Je vais vous dire exactement ce qui nous amène ici, reprit-elle. J'ai été envoyée en Afrique du Sud par le rédacteur en chef du journal auquel je collabore afin de couvrir la préparation des premières élections depuis la fin de l'apartheid. Je ne connaissais déjà pas grand-chose à l'Afrique du Sud, alors le Rwanda, vous pouvez imaginer. J'ai travaillé toute ma vie entre l'URSS, l'Afghanistan et la Yougoslavie. La Somalie, aussi, mais je ne vous ferai pas l'affront de comparer Mogadiscio à Kigali.

Sacha et Benjamin revinrent pour Daniel sur l'épisode de l'accident de voiture. La dimension du convoi, le volume supposé de la cargaison. Le soupçon d'un achat massif d'armes et de machettes, visiblement encadré par des soldats rwandais. La visite matinale d'un homme qui, se faisant passer pour un policier, s'était révélé être un trafiquant d'armes, la chambre d'hôtel retournée, les papiers et l'appareil photo de Benjamin dérobés. Daniel tentait tant bien que mal de se concentrer sur la route. Il analysait chaque pan de mur qu'il dépassait, semblait constamment réévaluer l'itinéraire emprunté. Sacha et Benjamin découvrirent en lui un homme aux aguets, rompu à l'exercice de la clandestinité.

— D'ordinaire, où arrivent les marchandises importées à Kigali ? demanda Benjamin.

— Au Magerwa, le magasin général du Rwanda. Une sorte de grand entrepôt, en plein centre de la ville. Disons que je ne vois pas où des camions de marchandises pourraient entreposer ce genre de cargaison si ce n'est au Magerwa. À moins qu'elles ne soient pas à Kigali, qu'elles aient été livrées directement à l'armée. Ce serait logique, d'ailleurs.

— Dans une caserne, vous voulez dire ? La machette fait partie de l'armement réglementaire ?

— *A priori*, non. Mais comme vous venez de le rappeler, nous sommes au Rwanda.

La phrase resta suspendue. Elle était lourde d'une menace qui leur fit froid dans le dos. Ils décidèrent de passer à proximité de l'une des casernes de la ville afin de tenter de repérer les camions. Sacha reprit :

— Encore une question, Daniel. Je vous épargne l'impression que m'a causée la lecture des quotidiens nationaux rwandais. J'imagine que vous devez les connaître. Que veut dire le mot *inyenzi* ?

Il soupira.

— *Inyenzi*, en kinyarwanda, ça veut dire « cafards ». Le Hutu Power, la garde rapprochée de la présidence et la ribambelle de fonctionnaires et de propagandistes à leur solde surnomment ainsi les Tutsi.

— Je vois, c'est charmant. Mais c'est classique. On déshumanise celui qu'on considère comme l'ennemi, c'est toujours plus simple quand on passe à la phase suivante.

— Je savais qu'Habyarimana faisait importer des armes depuis l'étranger, de la même manière que l'armée et certaines troupes paramilitaires proches du pouvoir reçoivent un entraînement spécial supervisé par des officiers étrangers. La guerre révolutionnaire et toutes ces stratégies parallèles mises en œuvre pour semer la peur dans les rues, on connaît. Mais je n'imaginais pas qu'ils puissent faire venir autant d'armes. Je ne vois pas pourquoi, d'ailleurs. Si Habyarimana voulait déclencher une nouvelle guerre contre le FPR, ce n'est pas avec des milliers de machettes qu'il la gagnerait.

Un silence pesant s'installa. Sacha jeta un coup d'œil par la fenêtre du véhicule. Ils longeaient le mur d'enceinte de l'ambassade de France. Daniel apprit aux journalistes que sa famille y résidait. Son épouse s'était rendue le matin même à Butare avec leur fils, Joseph, où ils prévoyaient de rester quelques jours.

À l'évocation de Rose, un sourire se forma sur son visage. Malgré ses absences répétées, il faisait de son mieux pour que Joseph ne soit pas exposé aux dangers du Rwanda contemporain, pour que le deuil ne l'atteigne jamais. Rose elle-même ne s'était pas remise du décès de son propre père, englouti un matin, après avoir quitté l'ambassade, dans un massacre de Tutsi.

Sa famille n'avait jamais su avec exactitude dans quelles circonstances il avait perdu la vie. Le deuil s'était abattu sans crier gare. Rose venait à peine de rentrer de France, après son seul et unique voyage en dehors du Rwanda. L'ambassadeur avait constaté quelques mois auparavant qu'elle était douée d'un talent particulier pour l'écriture ; il était parvenu à convaincre ses parents de l'inscrire à un concours de textes en langue française lancé par l'Organisation internationale de la francophonie. Les gagnants se voyaient offrir un séjour de quelques semaines à Paris, rythmé par des cours, des rencontres avec des auteurs, des visites de la capitale.

Pour Rose, écrire s'était révélé d'une facilité déconcertante. Cela lui avait permis de mettre son handicap de côté ; elle était une femme de lettres. Plus jeune, elle avait eu accès aux centaines d'ouvrages de la résidence de l'ambassadeur de France. Les jurés du concours avaient été frappés par l'émotion qui se dégageait des lignes rédigées par la jeune femme, parfois tapageuses, souvent délicates. Dans sa chambre, un amoncellement de textes épars, accumulés avec une patience rare. Sans acharnement, sans obstination, d'une manière toute naturelle, Rose s'était essayée aux formes les plus diverses, au journal intime, aux dialogues imaginaires, à la retranscription des recettes de cuisine de son père, aux nouvelles condamnées à ne jamais sortir du tiroir. Quelques essais de poésie, moins convaincants, plus maladroits – parce que la poésie c'est autre chose, il faut être empreint d'une inquiétude, d'une tristesse lancinante, seuls les auteurs qui marchent au bord du précipice parviennent à tresser les vers entre eux –, et jusqu'à ce jour de 1990 Rose avait toujours été heureuse.

À Paris, elle avait passé le plus clair de son temps dans des bibliothèques et des musées. Hébergée dans une petite chambre de la Cité universitaire, elle avait vécu son séjour comme une révélation. Elle avait découvert ce que seuls les livres avaient pu lui offrir jusque-là, s'était ouverte à un monde différent, avait vu se dessiner le sien au prisme d'expériences nouvelles. Rose avait rapporté de France des dizaines d'ouvrages, essentiellement des romans, quelques pièces de théâtre ; elle avait supplié Daniel de les lire, était parvenue à lui imprimer sa passion, ses goûts. Depuis la naissance de Joseph, Rose se partageait entre son fils, sa mère, qui avait hérité du titre de chef à la résidence de France, et la bibliothèque de l'université de Butare où elle se rendait parfois, pour quelques jours, avec son enfant.

Daniel évoqua aussi la passion de Rose pour la photographie, née à Paris grâce à l'appareil que l'ambassade avait offert à son père un jour d'anniversaire et qu'elle avait emporté. Un cadeau d'une valeur inestimable. Daniel décrivit les clichés de la capitale en noir et blanc qui ornaient les murs de leur maison. Lui-même n'était jamais allé en France, mais il avait la sensation de connaître Paris mieux que quiconque. Daniel et Joseph étaient fascinés par les photos que Rose y avait faites. Leur fils avait appris la langue des signes bien plus vite que son père, il questionnait sa mère encore et encore sur ce qu'il voyait sur ses tirages. Dans la chambre du garçon, Rose avait affiché une photo de la place du Panthéon sur laquelle se tenait un marchand de ballons gonflés à l'hélium dont l'attache avait rompu et qui s'envolaient. Rose était parvenue à saisir l'instant parfait. Daniel leur confia aussi leur difficulté, au Rwanda, à se fournir en pellicules Ilford, les seules que sa femme voulait utiliser, et sourit quand Benjamin lui répondit que s'il avait su il lui en aurait volontiers apporté. Le photographe eut un pincement au cœur en pensant à son propre appareil.

— Mon père était photographe, reprit Sacha. Il l'est toujours, d'ailleurs. Mes parents se sont rencontrés après la guerre. À l'époque, mon père était photographe de presse. Il accompagnait des soldats américains qui ont débarqué en Normandie en 1944 pour immortaliser les premières heures du D-Day. Il a suivi les troupes alliées jusqu'à Paris, dont il est tombé amoureux. À la fin de la guerre, il a décidé de rester. Il a rencontré ma mère, elle aussi photographe. J'ai été élevée entre Paris et New York, les voyages ne cessaient jamais. Et, lorsque j'ai eu dix-huit ans, à la veille de leur énième retour aux États-Unis, je leur ai dit que je voulais rester en France. Je m'étais longuement préparée pour cette conversation, j'avais affûté des arguments, j'étais certaine qu'ils allaient refuser. Ils se sont regardés, ils ont éclaté de rire et ils ont dit : « D'accord », comme ça. Je n'ai même pas eu à me battre. J'étais interloquée, presque déçue de ne pas avoir à plaider ma cause, et mon père m'a dit : « Ta mère et moi avons toujours vécu ainsi, sur des coups de cœur. On n'allait pas te refuser celui-ci. »

Elle fit un signe de la main.

— Désolée, je m'égare, ce n'est pas de moi qu'il s'agit. Daniel, pardon de ce que je vais dire, mais j'imagine que c'était une chance de pouvoir voyager comme ça pour une très jeune femme rwandaise…

— Ne vous excusez pas, c'est une chance, en effet. Rose rêve que nous allions nous installer à Paris avec le petit, mais…

Daniel n'eut pas le temps de terminer sa phrase. Un éclair déchira le ciel, un bruit assourdissant retentit. La jeep faillit percuter une voiture qui roulait en sens inverse. Daniel redressa le volant à la dernière seconde.

Un panache de fumée s'élevait au loin. Ils étaient aveuglés. Daniel rangea la jeep sur le bas-côté. Ils descendirent de voiture, tentèrent de comprendre ce qui venait de se passer. Les environs étaient calmes.

Au loin, ils continuaient d'entendre le battement régulier de la ville.

***

Ils reprirent la voiture peu après. Ils virent une colonne de fumée grisâtre s'élever dans la pénombre. Les routes sinueuses de Kigali dilatent le temps de déplacement. Peu à peu, la voiture se mit à dépasser des hommes qui couraient, parfois le poing levé, brusque altération de l'environnement. Leurs silhouettes se rapprochaient du côté droit de la route, grossissaient, avant d'être englouties par le passage du véhicule.

Les rues se firent populeuses – des dizaines puis des centaines d'hommes, dans toutes les artères que la voiture empruntait. Certains se déplaçaient en bande, d'autres marchaient seuls et criaient, tantôt une machette, tantôt un gourdin à la main. Sacha et Benjamin ne comprenaient pas les slogans, la frénésie, l'impatience. Ils parvinrent uniquement à entrevoir la fêlure, le vertige. Puis la fureur, la colère – une poêle d'huile chauffée à blanc dans laquelle on aurait jeté des êtres, qui y formaient autant de postillons brûlants.

Alors qu'ils tentaient de circuler, Sacha croisa le regard d'un garçon, âgé d'une vingtaine d'années tout au plus, posté au carrefour de deux grandes avenues résidentielles de Kigali. Il scrutait un horizon inatteignable entre deux rangées d'arbres, stationné à ce carrefour comme s'il y était né, comme si ses pieds s'étaient, un jour, pris dans le goudron de la chaussée, le blanc des yeux jauni, les pupilles fixes, des décorations de pacotille accrochées à sa chemise de militaire mal assortie, trop large, bien trop longue. Il faisait des signes depuis la droite vers la gauche et parfois depuis la gauche vers la droite. À qui ? Elle n'aurait su le dire. Des dizaines d'hommes couraient en tous sens, brandissant des papiers, l'invective au visage, de la rage plein la tête. Ils virent deux petites filles marchant main dans la main, l'une légèrement plus grande que l'autre. Toutes deux vêtues de robes blanches, elles semblaient flotter au milieu d'une cohue de plus en plus dense d'hommes aux cheveux ras.

La ferveur d'une foule ne leurre jamais, ses intentions ne trompent pas. L'emballement des hommes dégage un souffle tantôt envoûtant, tantôt chargé d'espoir – tantôt putride. Sacha eut du mal ensuite à décrire ces instants. Elle comme Benjamin perçurent le basculement.

Daniel était perdu, dépassé. On s'attend au chaos, on se prépare à son arrivée, puis, lorsqu'il frappe à la porte, on ne sait pas comment le recevoir. Il était entré si vite dans leurs vies. Que restait-il à faire, sinon se résigner ?

À la sortie nord de la ville, la jeep s'arrêta devant un barrage de fortune tenu par trois types aux allures de soldats, les yeux exorbités.

— Coupe le moteur ! cria l'un d'eux à Daniel.

Ce qu'il ne fit pas. Il tendit immédiatement une carte d'identité froissée par la fenêtre entrouverte du véhicule. Face au regard hostile, il improvisa :

— Il faut nous laisser passer, j'emmène ces journalistes d'urgence à l'aéroport. Ils sont pressés, ils doivent prendre un avion pour...

— L'aéroport est fermé, la route aussi, le coupa le type, machinalement, en regardant sa carte d'identité.

Il l'examina un long moment. D'un coup d'œil dans le rétroviseur extérieur du véhicule, Benjamin aperçut d'autres voitures rangées derrière la jeep qui attendaient leur tour. En rendant sa carte d'identité à Daniel, le soldat lui intima l'ordre de baisser davantage sa vitre. Tout bas, laissant entrer sa tête dans le véhicule, il glissa :

— Je sais que tu mens, Tutsi.

Daniel ne réagit pas. Il serra les dents, déglutit, fixant au loin le même horizon inatteignable que le jeune militaire du carrefour. Sacha balbutia une explication en français :

— Écoutez, je ne sais pas de quoi vous parlez, mais nous devons nous rendre à l'aéroport, et...

Daniel enjoignit à la journaliste de se taire en écrasant le plat de sa main contre sa cuisse.

— Je sais que tu mens, reprit le soldat, qui n'avait pas daigné adresser un regard à Sacha. L'aéroport se trouve de l'autre côté de la ville, et tu n'as pas éteint le moteur de la voiture quand je te l'ai demandé. Je ne sais pas qui sont les Blancs qui t'accompagnent, mais après ce que vous venez de faire à notre président, tu ne perds rien pour attendre.

Daniel tourna la tête en direction du soldat, qui s'était déjà éloigné vers la voiture suivante. Les deux autres militaires restés du côté de la barrière métallique, un fusil à la main, leur donnèrent l'ordre de rebrousser chemin.

La jeep roula une centaine de mètres, dépassa la file de voitures.

— De quoi parle-t-il ? Qu'est-ce que vous avez fait à leur président ? demanda Sacha.

— Si je le savais... Je crois qu'il vaut mieux retourner chez Lando ce soir, on n'arrivera pas à quitter Kigali cette nuit.

À peine passé la porte d'entrée de l'hôtel, Sacha se fit interpeller par une jeune réceptionniste, qui lui indiqua qu'elle avait reçu un message de la part de l'hôtel Hermitage, en Afrique du Sud. Elle lui remit un bout de papier sur lequel le mot « urgent » et le numéro auquel joindre Bernard Witz avaient été méticuleusement soulignés. Bernard avait sans doute appelé l'hôtel du Cap, qui avait transmis. Il était rare que Witz presse ses journalistes de le contacter. Les circonstances devaient être graves. La réceptionniste lui désigna un téléphone sombre posé à l'autre bout du comptoir. Witz avait indiqué le numéro de sa ligne directe.

Il décrocha d'un ton excédé que Sacha ne lui connaissait pas.

— Alona, je n'ai rien reçu de ta part depuis trois jours, vous ne donnez pas de nouvelles, personne ne couvre rien de ce qui se passe au Cap et aucun journaliste ne peut être déplacé pour te remplacer.

— Pour me remplacer où ?

— Comment ça, pour te remplacer où ? Tu es complètement à côté de tes pompes, sur ce coup. J'aurais dû t'écouter, quand on t'envoie dans un pays qui n'est pas en guerre… Bref. Pour vous remplacer en Afrique du Sud ! Il faut que vous preniez un billet en urgence pour le Rwanda, Thomas et toi. Je ne sais pas ce qui t'a mis la puce à l'oreille, mais…

— Mais de quoi parlez-vous, Bernard ?

Un silence au téléphone. Witz reprit la parole. Il sembla se calmer, adopta un ton qui se voulait pédagogique :

— Alona, je te parle du président Habyarimana. Son avion vient de s'écraser au-dessus de Kigali avec le président burundais et toute une clique de militaires. Une dépêche parle même d'officiels français dans cet avion. Tu n'es pas au courant ?

— Non. Je m'attendais à quelque chose de grave, mais…

Sacha s'interrompit. Elle lâcha le combiné, qui rebondit lourdement contre l'acajou du comptoir d'accueil. La réceptionniste se retourna, ne comprit pas pourquoi Sacha restait figée. Frédéric Larrieu devait se trouver dans cet avion. Il était convenu qu'il accompagne le président rwandais à son retour de Tanzanie. Sacha eut un haut-le-cœur, elle s'affaissa sur une chaise. Des mains, elle se cacha les yeux. À l'autre bout du fil, la voix de Bernard Witz, étouffée. Benjamin se dirigea vers Sacha, la serra dans ses bras sans comprendre ce qui l'atteignait. Délicatement, il raccrocha le téléphone.

Ils restèrent blottis l'un contre l'autre quelques instants. Elle fut traversée de sanglots silencieux. Puis Sacha se leva, alla se passer de l'eau fraîche sur le visage. Lorsqu'elle réapparut, quelques instants plus tard, les marques de son maquillage défait étaient encore visibles. Elle prit une profonde inspiration, regagna le fauteuil qu'elle avait occupé plus tôt, rappela le directeur du quotidien, lui expliqua sa réaction – une peine brutale, un sentiment de solitude, elle ne souhaitait pas en parler pour le moment. Surtout, elle reconnut qu'elle n'avait pas suivi ses instructions : ils se trouvaient au Rwanda. Bernard Witz resta sans voix.

— Maintenant, Alona, essayez de comprendre ce qui est arrivé à cet avion, finit-il par lâcher.

***

Daniel ne savait rien, il ne semblait pas plus avancé que les journalistes. Sacha insista pour qu'ils reprennent la route. Ils n'avaient pas une minute à perdre, le Rwanda serait envahi de journalistes dans les heures prochaines, elle voulait interviewer Kagame rapidement. Il fit « non » de la tête.

— Je dois retrouver Rose. Venez avec moi. Je ne veux pas laisser ma femme et mon fils seuls. On passe les chercher à Butare, puis on rejoint le FPR. Tout cela a assez duré.

— Ce soir ?

— Ce soir.

— Et les camions ? Et les machettes ? Et Kagame ?

Daniel se retourna.

— Sacha, vous avez des enfants ?

— Je ne vois pas le rapport avec Kagame.

Elle se reprocha immédiatement le ton qu'elle avait employé. Il ne releva pas.

— Sacha, répondez-moi. Avez-vous des enfants ?

— Non, je n'en ai pas.

— Alors souvenez-vous bien de ce que je vous dis ce soir : je ne veux pas laisser mon fils seul avec ma femme alors que le président d'un pays rongé par la haine vient de se faire assassiner. On rejoindra Kagame après. Avec ou sans vous.

La détermination de Daniel était sans appel, Sacha le perçut aussitôt.

Benjamin répondit pour eux deux :

— Avec nous.

Daniel,

Le printemps s'installe enfin, Joseph vient de fêter ses trois ans. De nouveau, j'ai pu accrocher le miroir de mon père, long rectangle de lumière au mur terreux de la pièce. Comme avant, je l'ai tourné vers la porte d'entrée. Il a fallu à Jeanne plus de trois journées de travail pour en nettoyer les lignes. Je lui ai demandé de ne pas toucher au miroir en lui-même.

Il me semble plus grand que dans mes souvenirs. Peut-être s'allonge-t-il avec le temps. Ou peut-être nos existences s'amenuisent-elles. Mon père parlait avec ironie du besoin qu'éprouvent les Blancs de se contempler dans les miroirs. Depuis que ce vieil officier français le lui a donné, je passe des heures à regarder la vie à travers ce morceau de verre gris. Mon père est mort et, avec lui, un fragment de l'histoire du pays. Reste ce miroir : un bout de vieux Rwanda et de vieille Europe dans notre maison.

Ses contours sont d'un vert pastel fissuré. La glace est grise et, dans les coins, tachée de marron. Un ornement doré, qui rappelle les vagues de je ne sais quelle mer, est fondu dans la plus haute bordure du miroir et court le long de ses lignes, où sont apposés des boutons-d'or. Ceux-ci paraissent sceller des baguettes argentées posées tout autour de la glace. Quelques chrysanthèmes verts sont peints sur les bordures.

L'empreinte des ans est visible sur le miroir. Des traces laissées par nos doigts curieux, quelques traînées de sable et de poussière dessinent la vie de mes parents et de ceux, nombreux, qui y ont vu leur reflet. Comme imprégnées, ces marques sont les stigmates du temps.

« Le miroir est un observateur attentif, disait mon père. Si tu sais lui parler, il révélera tous les secrets qu'il retient. » Moi, je ne sais pas lui parler, mais je le contemple depuis plusieurs années. Je le laisse observer la vie des alentours. Accroché face à la porte d'entrée ouverte, il reflète les passages, les camaraderies et les caprices du ciel. Depuis mes jeunes années, il est la seule chose sur terre qui ait la patience de m'observer, de me comprendre, de m'écouter.

Les pluies lui donnent une teinte menaçante ; le beau temps lui rend une couleur rassurante. Chaque matin, très tôt, il réfléchit le passage imperturbable de Théodose et de sa vache maigrelette, les lueurs mouillées de la rosée qui imprègne les fleurs de l'arbre du jardin, la brouette chargée de bananes des paysans qui s'en viennent de leurs parcelles, les bandes lumineuses du soleil qui se lève.

Dans la journée, les habitants, les soldats, les femmes et les enfants passent dans la rue. Le miroir les fait aussi entrer dans la maison.

Leurs vies sont brassées ici. Comme celle de Laurent Gasana, le milicien du Hutu Power qui a grandi dans la parcelle voisine, qui courait entre les plants de sa famille et que j'ai vu devenir un homme. Laurent passe chaque matin, accompagné de quelques jeunes gens, un énorme poste de radio noir posé sur l'épaule, proférant des insanités sur nos familles, sur nos racines dans lesquelles coulerait la sève de l'avarice, de la corruption. Il rentre le soir, ivre de Primus, de vin de banane, de courses militaires dans les collines et de slogans. Il traîne avec lui quelques armes souvent, quelques filles parfois.

*Laurent a emmené un millier d'*Interahamwe *lors d'une marche d'opposition au multipartisme. Ces marches sont étranges. Certaines personnes manifestent pour plus de démocratie. D'autres en veulent le moins possible, se mobilisent pour restreindre les droits des minorités. Le soir de la manifestation, Laurent est rentré chez lui habillé très chaudement. Je crois qu'il portait, tout à la fois, les chemises, les pantalons et le manteau d'un notable tutsi, dont on dit qu'il a été assassiné le jour même.*

Leurs existences se creusent une place dans cette maison. Comme celle de Marie, qui était ma sœur, qui lisait dans mes yeux ce que mes lèvres ne formulaient pas, qui me parlait pour que je sois bercée par les mots que je ne prononçais pas. Qui causait pour elle et pour moi, qui, chaque matin, avant d'aller enseigner aux enfants, entrait ici et me caressait le visage. Parfois, Marie me donnait un livre ou un poème qu'elle empruntait à l'école.

Marie n'entre plus et marche de l'autre côté de la rue. Nous autres, Rwandais, savons combien nos regards peuvent être chargés. À croire que les mots nous brûlent les lèvres, que nous soyons muets ou non. Et je la vois, les yeux emplis d'une haine dont j'ignore les ressorts, de cette menace à laquelle j'ai dû m'habituer depuis mon plus jeune âge, observer de loin le grand miroir qui lui renvoie sa propre image. Parfois, Marie crie avec les Interahamwe, *lorsqu'ils passent dans la rue. Parfois, elle crie encore plus fort quand elle longe la maison. Et elle se tait brusquement quand elle découvre son image dans le miroir.*

Un jour, Marie est allée à un meeting populaire, dans la région de Kabaya. Des semaines durant, elle n'a cessé de clamer sur les toits qu'il fallait s'occuper des Tutsi avant que nous ne nous occupions d'eux. Bien des mois plus tard, j'ai entendu que la RTLM[1] *diffusait sur ses ondes, sans discontinuer, un discours passé de Léon Mugesera. « Nous nous occuperons nous-mêmes de massacrer cette bande de salauds. C'est dit dans l'Évangile, vous le savez, que le serpent vient vous mordre et que si vous le laissez traîner parmi vous, c'est vous qui périrez. » Marie l'institutrice avait fini par répéter, comme une élève, ce que de nouveaux maîtres lui enseignaient.*

1. Radio télévision libre des Mille Collines.

Le miroir ne change pas. Seules les vies qu'il projette ne sont plus les mêmes. Il est regrettable que nous, Rwandais, n'ayons pas plus de miroirs dans nos maisons pour nous confronter à nous-mêmes.

Rose

7

Le plan que Daniel exposa aux journalistes était simple : ils rejoindraient Butare, dans le sud du pays, près de la frontière avec le Burundi, par la route de Gitarama. Ils devraient rouler une bonne partie de la nuit. À leur arrivée, en fonction de l'heure, Daniel irait récupérer Rose et leur enfant à l'université de la ville ou chez son amie ; ils prendraient de nouveau la route vers l'Ouganda pour les mettre à l'abri, et ainsi Sacha et Benjamin pourraient rencontrer Paul Kagame. Daniel ne s'était engagé à rien s'agissant de leur retour dans le centre du pays. Il n'avait pas donné davantage d'assurances quant à leur demande d'interview. Avant leur départ, Sacha avait appelé Paris pour faire part de ce programme à Bernard Witz.

Le parking de l'hôtel était calme. La jeep démarra. À peine eurent-ils atteint le premier croisement qu'un barrage identique à celui qu'ils avaient traversé plus tôt dans la soirée se dressa devant eux. Il était tenu par deux hommes en uniforme, la mitraillette en bandoulière. La jeep était le seul véhicule à emprunter cette route ; ils lui firent signe de s'arrêter. L'un des militaires se dirigea vers la voiture, l'autre restait en retrait mais pointait son arme en direction des roues. À la vue des passeports français qui lui furent tendus, le visage du soldat s'éclaira.

— Des amis ! Vous êtes des amis ! C'est un bien triste jour pour le Rwanda, mais la France nous aidera à vaincre l'ennemi !

Il fit signe à l'autre soldat de lever la barrière, et Daniel put redémarrer. Le soldat n'avait pas jeté un œil aux papiers du médecin et ne l'avait pas davantage questionné. Incrédule, Sacha attendit que la jeep ait parcouru une centaine de mètres puis se tourna vers Daniel. La coopération militaire entre la France et le Rwanda, le soutien constant de Paris au régime d'Habyarimana étaient connus de la population et appréciés. L'armée, la Garde républicaine, toutes les strates de l'appareil sécuritaire, le gouvernement se rengorgeaient de cette relation étroite. De là à en oublier de vérifier son identité, Daniel ne comprenait pas lui-même comment c'était possible. Peut-être les militaires comptaient-ils sur l'aide de la France pour arrêter les auteurs de l'attentat contre le président Habyarimana.

La jeep filait à travers des rues vides, peu éclairées. Sous le flot des questions, Daniel insista auprès de Sacha : ses réponses, informelles, ne devaient pas être présentées comme des déclarations officielles du FPR, il ne faisait qu'exprimer un point de vue personnel. En réalité, il était tétanisé : il ne savait quoi penser, ignorant les détails de l'attentat, et l'identité de ses auteurs. Seul, insidieux, latent, un pressentiment dont il aurait voulu se débarrasser mais qu'il gardait en travers de la gorge : il était convaincu que les suprématistes hutu portaient la responsabilité du climat délétère dans lequel était plongé le Rwanda, des barrages qu'ils voyaient se dresser, des caricatures et des appels au meurtre qu'on ne prenait plus la peine de camoufler, des massacres des derniers temps. Ils n'étaient pas les uniques détenteurs du pouvoir : certains membres du gouvernement actuel ne faisaient pas partie de la frange extrémiste. Mais l'influence des suprématistes s'étendait sans cesse, leur haine avait pénétré tous les pores de la société.

Daniel empruntait des passages censés court-circuiter les barrages. Il n'imaginait pas un seul instant que le FPR ait ordonné d'abattre l'avion du président. À quoi cela aurait-il pu servir, si ce n'est à attiser la haine et à faire échouer l'application des accords d'Arusha ? *Quid* des extrémistes du Hutu Power, qui en voulaient au président Habyarimana, en passe de céder à la pression internationale ? Au fond, le FPR avait bien plus à perdre qu'à gagner dans cette manœuvre. À moins que l'attentat ne constitue le signal d'une offensive tutsi d'envergure destinée à reprendre le pays ? Il était perdu.

Le rayon d'un projecteur puissant pénétra dans la voiture. Daniel fut contraint de ralentir. Ils approchaient d'un nouveau barrage, tenu par deux hommes sans uniforme, armés de fusils. Le manège se répétait.

— Vos papiers.

Le type sentait l'alcool.

— Et qui êtes-vous exactement, demanda Daniel, pour exiger nos papiers ?

— Et toi, qui es-tu pour refuser l'ordre d'un partisan le soir de l'assassinat de notre président ?

L'homme venait de braquer son arme sur Daniel.

— Voici nos papiers, dit Sacha, en tendant son passeport et celui de Benjamin pour calmer la situation. Nous sommes journalistes, français, et ce monsieur est notre chauffeur, ajouta-t-elle en désignant Daniel.

Avant que le milicien ait pu se saisir des papiers d'identité, Daniel, qui n'avait pas coupé le contact du véhicule et avait noté l'aspect fragile du barrage, écrasa la pédale d'accélérateur. Les pneus de la jeep crissèrent, le milicien fut contraint de faire un pas en arrière. La voiture enfonça la barre métallique posée en équilibre sur de gros bidons. Le second milicien se positionna, tira plusieurs balles en direction du véhicule. Par réflexe, Sacha et Benjamin se recroquevillèrent, leurs bras couvrirent leur tête. Les balles manquèrent leur cible.

Tout s'était passé très vite. Sacha s'en prit à Daniel : ils auraient pu se faire tuer. Il ne répondit pas, poursuivit sa route à vive allure sur quelques centaines de mètres. Il jeta un œil dans le rétroviseur, constata que personne ne les suivait puis donna un brusque coup de frein. À l'adresse des journalistes, d'une voix sourde, il dit :

— Je connais ces hommes. Ils sont ici pour tuer, pas pour faire la circulation, ni même pour attraper les responsables de l'attentat. C'est rester au barrage qui aurait signé notre arrêt de mort. Si vous souhaitez que je vous conduise, fiez-vous à moi ou descendez, rejoignez l'ambassade de France ou le siège de l'ONU. Entre nous, vous en apprendrez davantage là-bas qu'avec moi, en voiture.

Sacha soupira. C'était justement ce qu'elle souhaitait éviter. Elle demanda à Daniel de comprendre. Ils avaient eu peur. Après tout, Benjamin et elle étaient grands reporters, ils avaient été en Somalie, en Afghanistan, mais ils n'étaient pas non plus habitués à se faire tirer dessus par des miliciens avinés au motif que leur guide les provoquait.

Elle reprit son souffle, pria Daniel de continuer. Il redémarra. Le médecin alluma la radio, manipula le variateur de fréquence. Ils parvinrent à capter une voix nasillarde. « Je profite de l'occasion pour saluer les jeunes des barrages routiers de Kigali. Restez sur vos gardes ! Surveillez même les égouts. Qu'aucun cafard ne passe ! Soyez enragés ! Continuons à combattre pour notre ville et notre pays. Il est impensable que cette clique qui représente dix pour cent des gens l'emporte. C'est une sale race ! Je ne sais pas si Dieu pourra nous aider. C'est à nous de les exterminer. Il faut s'en débarrasser, c'est la seule solution. »

Sacha éteignit le poste d'un mouvement brusque.

— Et ça, vous en parlerez dans vos articles ? lui demanda Daniel.

Elle n'eut pas le temps de lui répondre. La jeep venait d'atteindre le mont Kigali, le point culminant de la capitale, au sud-ouest. Ils descendirent de voiture. Une vision d'une beauté sans pareille les saisit. Plongée dans une obscurité dense, la ville scintillait. À mieux y regarder, en plus des lumières de l'éclairage public, on distinguait les couleurs des flammes. Des feux avaient été allumés par centaines, probablement dans des bidons, des bacs de métal, des réservoirs, à proximité des barrages.

La ville brillait, mais elle brûlait aussi.

Daniel fit quelques pas en arrière. Il sortit un couteau de sa poche, se dirigea vers un grand arbre, à l'écart. Il entreprit d'y graver quelque chose.

— Que faites-vous ? lui demanda Benjamin.

— Ça ne vous regarde pas.

Daniel avait en quelques secondes dessiné une fleur sur l'écorce de l'arbre.

Daniel,

Le poste de radio est allumé depuis le 6 avril. Trois jours et trois nuits. Chaque heure, de nouvelles informations chassent les précédentes. Même lorsque Joseph dort, je ne l'éteins pas. Je ne parviens pas à fermer l'œil. Daniel, j'ai si peur.

Joseph a été malade le matin de ton départ, nous ne nous sommes finalement pas rendus à Butare. Désormais, je ne sais pas quand cela sera possible. Depuis, je n'ai pas eu de tes nouvelles. As-tu pu passer la frontière ? Que va-t-il nous arriver ?

Les voitures officielles et les véhicules blindés enchaînent les allées et venues. La résidence est si grande, on pourrait croire que les rues qui la longent sont calmes. En réalité, des centaines de personnes sont massées devant les grilles tenues par des soldats français. Elles sont venues demander à la France sa protection.

Tu m'as toujours dit que cela finirait par arriver. Le temps du chaos. Dix casques bleus belges ont été assassinés, notre Premier ministre aussi. Qu'est-ce qui peut bien les retenir désormais ?

Parfois nous parviennent des pleurs étouffés, les échos de chasses à l'homme, des hurlements de voitures roulant à une allure folle. Des hordes de miliciens, aussi. Ils chantent, ils crient, ils disent qu'ils doivent tous nous trouver. À deux reprises au moins depuis l'attentat, je les ai entendus passer à côté de l'ambassade.

Une agitation étrange a régné ces deux derniers jours à la résidence. Ma mère et moi avions très peu vu l'ambassadeur depuis sa prise de fonctions, et depuis l'attentat il est totalement invisible. De nouveaux soldats français sont arrivés. Leur équipement est neuf. Leurs uniformes sont impeccablement repassés. Ils ont l'air préoccupés. Ils encerclent la résidence, escortent les véhicules qui y entrent et en sortent, filtrent les arrivées. L'ambassade vit à leur rythme, désormais.

Ils ont appelé leur opération Amaryllis. *Il s'agit d'exfiltrer les ressortissants français, de les mettre à l'abri, de les éloigner de Kigali. J'ai reconnu de nombreux expatriés, ces hommes et ces femmes que nous croisions lors des réceptions. Ils sont humanitaires, professeurs, diplomates, formateurs agricoles. Ils étaient si bien habillés, ils étaient rasés de frais et à présent ils sont ici, des valises pleines à craquer, des enfants exténués, la peur dans les yeux. Ils arrivent dans des jeeps ouvertes, dans des camions souvent bâchés, recroquevillés, les mains sur la tête. Des soldats prêts à actionner leurs armes les protègent. Puis ils prennent la direction de l'aéroport et on ne les revoit plus.*

En même temps, des réunions s'enchaînent à un rythme effréné, des hommes politiques rwandais y participent. Nous les voyons, nous les servons. Je saisis des bribes de phrases, je ne comprends pas bien ce dont il est question. Nous avons entendu dire par certains d'entre eux, que nous connaissons bien, le mal qu'ils pensent de nous, qu'il faut nettoyer le pays des inyenzi. *Il y a la famille du président Habyarimana. Il y a le directeur de la RTLM. Ils mangent à la table de l'ambassadeur, à la table que mes parents ont servie depuis de si longues années. Ils complotent, ils scellent des arrangements, des pactes. Ils dressent des listes, ils ordonnent de distribuer des armes, ils se partagent le pouvoir, ils s'y accrochent.*

Ma mère a demandé à un soldat si nous aussi, nous serions évacués. Il l'a regardée droit dans les yeux pendant de longues secondes, il ne lui a pas répondu.

Au mépris des règles de prudence qu'elle me répète depuis de si longues années, elle est finalement sortie. Elle a prétexté un manque de denrées et, faute d'approvisionnements ces jours-ci, elle a pris la direction du marché. Je l'avais pourtant suppliée de ne pas y aller.

Elle n'est toujours pas revenue. Depuis de si longues heures.

J'ai si peur, Daniel, j'ai si peur. J'aimerais te savoir à nos côtés.

Là où tu te trouves, je t'en supplie, fais attention à toi.

Rose

8

La jeep put atteindre la ville de Gitarama, au sud-ouest de Kigali, dans la nuit. Daniel coupa le moteur en lisière d'un champ. Ils s'accordèrent quelques heures de repos.

À leur réveil, la radio retransmit aux occupants de la voiture les dernières nouvelles. RFI dressait le déroulé factuel des événements. L'avion du président Habyarimana avait été abattu dans la soirée, au-dessus de l'aéroport de Kigali. Les responsables de cet attentat n'avaient pas été identifiés. Des heurts avaient éclaté à travers toute la capitale dans la foulée, on supposait que plusieurs centaines de personnes avaient été tuées. Il était à craindre que ces représailles violentes s'étendent à d'autres régions. Dans la matinée, le Premier ministre du Rwanda avait été assassiné à son domicile, ainsi que les dix casques bleus belges chargés de sa protection. D'autres officiels étaient portés disparus, parmi lesquels le ministre du Travail. Lando. Sacha et Benjamin se dévisagèrent. Comment accueillir la nouvelle de l'assassinat d'un homme rencontré à peine quelques heures plus tôt ? De rage, le poing de Daniel vint s'abattre contre le volant du véhicule.

Il saisit sa carte d'identité, la déchira. Il ouvrit la boîte à gants du véhicule, où se trouvait un document semblable à celui qui venait d'être détruit. La carte d'identité était correctement renseignée, mais à la ligne mentionnant l'ethnie, située avant la date et le lieu de naissance, un détail attira l'attention des journalistes : les mots « Tutsi », « Twa » et « Naturalisé » étaient barrés, établissant que son détenteur était hutu. Un faux, de couleur vert pastel, fourni par le FPR. Daniel le fourra dans sa poche.

Le réseau routier était en mauvais état. En temps normal, parcourir la centaine de kilomètres qui les séparait de Butare devait prendre moins d'une journée, mais comment savoir quelles seraient les répercussions sécuritaires de l'attentat contre le président ? Devaient-ils s'attendre à des complications, à des barrages dressés sur leur route comme ils en avaient vu à Kigali ?

Daniel souhaitait plus que tout récupérer Rose et Joseph, les mettre à l'abri. Au même moment, le FPR devait compter ses troupes et se demander pourquoi le médecin ne les avait pas rejointes.

— Daniel, interrogea Benjamin, comment faites-vous pour communiquer avec votre épouse lorsque vous n'êtes pas à Kigali ? Comment faites-vous pour avoir des nouvelles des vôtres ?

— C'est très compliqué. Ma femme est muette. Quand je parviens à obtenir une ligne, souvent par téléphone satellitaire, je passe un appel à l'ambassade de France, où la mère de Rose nous aide à échanger. Mais c'est assez rare. J'essaie de leur rendre visite quelques fois par mois, seulement les FAR[1] veillent à ce que nos troupes ne puissent pas s'infiltrer par le nord. La route est souvent longue, dangereuse. Mon statut de médecin me permet d'être parfois accompagné par des humanitaires ou des types de la Croix-Rouge.

Ils reprirent la route. Un basculement de la radio vers la RTLM leur glaça le sang : les appels à arrêter les Tutsi où qu'ils se trouvent, à nettoyer le pays de la vermine, à venger la mort du président Habyarimana étaient incessants.

Ils atteignirent la région de Butare le lendemain dans l'après-midi. Une barrière avait été dressée à l'entrée de la ville. Les hommes qui la tenaient n'avaient pas l'air menaçant, c'est à peine s'ils jetaient un œil à l'intérieur des véhicules. Une file d'une dizaine de voitures précédait la jeep de Daniel. Ils passèrent le barrage, gagnèrent le centre sans encombre. Daniel y déposa Sacha et Benjamin. Il prit la direction de l'université pour aller chercher Rose. Tous trois convinrent de se retrouver à proximité de la préfecture.

Sacha et Benjamin s'attablèrent à un café. Ils commandèrent de l'*ugali*, du chou, une assiette de plantains. Ils déjeunèrent en silence, observant le va-et-vient des passants. Le ciel se chargea de nuages

1. Forces armées rwandaises, l'armée régulière du Rwanda.

noirs. Une pluie lourde s'abattit en l'espace d'un instant, noyant les trottoirs de terre, forçant les badauds à s'abriter, les motos-taxis à se ranger.

Ils réglèrent leur repas, se levèrent. Sacha souhaitait se rendre à la préfecture ; peut-être parviendraient-ils à y rencontrer un édile. La route principale de la ville était goudronnée, les voies annexes recouvertes de terre ou de gravier. Sacha sentait les regards sur eux. Ils étaient dans un pays où tout indiquait qu'une catastrophe était sur le point de se produire, elle avait d'ailleurs déjà commencé, et leur seul guide était un médecin rencontré quarante-huit heures plus tôt, lui-même à la recherche de sa femme et de leur fils, au beau milieu d'une ville qui – c'était aberrant – conservait un semblant de normalité. Certains de ses reportages avaient bénéficié d'une préparation autrement plus consciencieuse, pensa Sacha. Il lui arrivait régulièrement de se laisser porter, de se fier à une forme d'instinct et d'être entraînée par le flot des rencontres, la mécanique des événements. Mais elle parvenait de tout temps à maintenir une certaine capacité à dominer le cours des choses, à changer d'itinéraire quand cela s'avérait nécessaire, à reprendre l'initiative de sollicitations. Ici, sa méconnaissance des lieux comme des acteurs majeurs du conflit auquel ils assistaient, son incapacité à entrer en contact avec eux, son éloignement de la capitale provoquèrent chez elle un sentiment de malaise et l'impression de perdre pied.

Ils venaient d'atteindre la préfecture, dont l'accès était surveillé par un garde armé.

Un homme élégant sortit en trombe du bâtiment, suivi par un aide de camp. Ils dépassèrent les journalistes, prirent la direction du parking ; Sacha les interpella. Le préfet se retourna.

— Vous êtes... ?

— Sacha Alona, Benjamin Thomas, du quotidien *Le Temps*. Êtes-vous bien le préfet ?

— Oui. Avions-nous rendez-vous ?

— Non, nous arrivons tout juste de Kigali. Pouvons-nous nous entretenir avec vous quelques instants de la situation au Rwanda et à Butare en particulier ?

— Pas maintenant, je dois y aller. On vient de me signaler des heurts à proximité de la ville.

Il poursuivit sa route, au pas de course, vers les véhicules stationnés au bas de l'édifice. Sacha et Benjamin échangèrent un regard.

— Peut-on vous accompagner ?

Il ne se retourna pas.

— Dépêchez-vous !

Le préfet prit le volant. Les journalistes montèrent à l'arrière du véhicule.

***

À la bibliothèque universitaire, Daniel trouva porte close. Il prit la direction de l'immeuble bas dans lequel vivait Agathe, l'amie de Rose. Daniel gravit les marches quatre à quatre. Il frappa à la porte, sans obtenir de réponse. Il toqua de nouveau, colla son oreille contre le montant, n'entendit rien. Il recula, s'apprêta à redescendre. Le jour finissait. Il ne parvint pas à se résigner : c'était impossible, Rose et Agathe ne l'avaient pas entendu. Il fit demi-tour, se mit à tambouriner contre la porte. Il faillit la briser. Aucun son. Ni Rose, ni son amie, ni Joseph ne s'y trouvaient.

Il quitta le bâtiment, regagna la rue, réfléchissant aux options qui se présentaient à lui, ne sachant que faire, où chercher sa femme et son fils. Il s'apprêtait à monter en voiture quand il aperçut Agathe qui se dirigeait vers son domicile, un sac de provisions à la main. Il se précipita vers elle, soulagé. Un sourire barrait son visage, elle sursauta.

— Daniel ? Mais qu'es-tu venu faire ici ?

Mettre sa famille à l'abri, les serrer dans ses bras, les emmener vers le nord, loin du malheur qui allait s'abattre.

Agathe posa son sac de commissions ; le sol était encore trempé. Elle le dévisagea.

— Rose n'est pas ici.

Il ne comprit pas. Elle tenta de l'apaiser, elle était confuse. Rose n'était pas chez elle, pas à Butare. Agathe l'avait attendue en vain, elle avait pensé qu'elle était peut-être malade, que le petit n'était pas en forme, que sa mère avait besoin d'elle à l'ambassade, qu'elle avait été retenue à Kigali. Elle ne s'était pas inquiétée outre mesure, ce sont des choses qui arrivent après tout.

— Et à présent, te voilà, toi.

Daniel ne parvenait pas à intégrer l'information qu'elle venait de lui livrer. Il saisit son portefeuille, en sortit une photo de Rose, interpella des passants, leur demanda s'ils l'avaient vue, avec son petit garçon. Il n'obtint que des signes de tête négatifs. Agathe lui saisit le bras, le força à l'écouter. Rose et Joseph devaient être à Kigali, en sécurité à l'ambassade de France, il ne fallait pas se faire de souci.

Les grandes mains de Daniel empoignèrent son visage, il plongea son regard dans les yeux de son amie.

— Écoute-moi bien. Tout nous échappe et nous ne nous en rendons pas compte. Kigali brûle, le feu gagnera Butare aussi. Personne n'est en sécurité. Toi non plus. Mets-toi à l'abri.

Puis il saisit le sac de courses d'Agathe, le porta jusqu'à l'étage. Elle le rejoignit, le souffle court. Elle n'eut pas le temps de le remercier que, déjà, il s'était éclipsé.

Daniel devait rentrer à Kigali au plus vite. Avant de monter en voiture, il sortit son canif et traça le dessin d'une rose sur le mur de l'immeuble dans lequel sa femme et son fils auraient dû se trouver.

***

Dans la voiture du préfet, Sacha et Benjamin se firent discrets. Le fonctionnaire échangeait avec son aide de camp assis à l'avant en kinyarwanda. Après quelques instants, il parut se souvenir de la présence des journalistes à l'arrière, accepta de répondre aux questions de Sacha. Il leur fit état de nouveaux barrages élevés aux quatre coins du Rwanda. Les puissances occidentales s'organisaient pour mettre en œuvre l'évacuation de leurs ressortissants. Les troupes du FPR stationnées à Mulindi, à proximité de l'Ouganda, commençaient à faire mouvement vers Kigali. D'autres personnalités politiques avaient été assassinées, au premier rang desquelles des Hutu modérés, favorables au partage du pouvoir et au règlement pacifique du conflit qui opposait le FPR aux forces gouvernementales. Pour sa part, il tentait dans sa ville de maintenir un certain équilibre, à ce que le lien ne soit pas rompu entre les différentes composantes de la population, à ce que les habitants fassent passer leur ethnie au second plan, se souviennent qu'ils étaient rwandais avant tout.

— Essayez de vous procurer une copie des enregistrements de la RTLM du 3 ou peut-être du 4 avril, finit-il par dire. L'animateur de la radio fait part de l'imminence d'une « petite chose » qui va survenir à Kigali. Je ne sais pas qui sont les responsables de l'attentat contre l'avion du président Habyarimana. Mais la radio la plus proche du pouvoir semblait bien informée, en tout cas mieux que le préfet de Butare, quelques jours avant l'attaque.

L'homme conduisait lentement. Ils dépassèrent la cathédrale, s'éloignèrent du centre-ville. Les rues se firent plus vertes, le bâti se raréfia. Au loin, la lumière finissante du jour laissait entrapercevoir des plantations de thé, ou peut-être de café, à perte de vue. Des hommes et des femmes travaillaient dans les champs malgré l'heure tardive. Ils levaient la tête au passage du véhicule. Ils tenaient des outils entre leurs mains.

— Pour s'armer, l'État s'est endetté dans des proportions inconsidérées. Le Rwanda doit être le troisième ou le quatrième plus gros importateur d'armes du continent, alors que nous sommes l'un des pays les plus pauvres de la planète. J'ai moi-même, à plusieurs reprises, reçu l'ordre de faire distribuer des machettes à la population. Y compris aux habitants de la région qui ne vivent pas des travaux des champs. La garde civile aussi s'y est mise. Au prétexte de l'autodéfense. Les agriculteurs, les paysans que vous voyez ici utilisent la machette. Mais les outils qui ont été distribués sont légèrement différents : les deux côtés sont coupants.

Sacha se remémora le sentiment étrange qui l'avait traversée alors qu'elle faisait ce même constat, à la vue du chargement des camions, au Cap. Le préfet poursuivit, partagé entre son devoir de réserve et son besoin de s'épancher à une oreille attentive, voire compatissante, objective, du moins l'espérait-il, qui pourrait réagir au faisceau d'éléments et d'indices qu'il avait accumulés.

Les digues de la retenue imposée par sa fonction se fissuraient, et si son statut lui permettait de recevoir un certain nombre d'informations secrètes, il semblait vouloir s'en libérer, ne serait-ce que pour apaiser ses propres craintes. Le soir de l'attentat, la garde présidentielle avait été déployée dans certains quartiers de Kigali une heure avant l'attaque. Pourquoi ? Des barrages tenus par des éléments extrêmement violents avaient été déployés dans la capitale trente minutes seulement après l'attentat, et les mouvements des casques bleus étaient régulièrement entravés.

Comment ? Plus tôt dans la journée, fait extraordinairement rare, les FAR avaient procédé à un changement de fréquence de communication. Pour quelles raisons ? Le Premier ministre du Rwanda, Agathe Uwilingiyimana, avait été écartée des pourparlers officiels portant sur la constitution d'un gouvernement de transition, convoqués juste après le crash de l'avion. Par qui ? Elle avait été assassinée dans la foulée.

Mais, surtout, le préfet recevait des informations faisant état de massacres méthodiques aux quatre coins du pays. Comment le feu pouvait-il avoir été mis aux poudres en de si nombreux endroits, moins de vingt-quatre heures après l'attentat ?

Sacha prenait des notes.

— Vous nous communiquez là des éléments extrêmement tangibles. Mis bout à bout, ils font peser de graves soupçons sur le gouvernement du président Habyarimana et sur les personnes qui l'entourent. Pourriez-vous étayer ces affirmations ?

— D'une part, oui, je le peux. D'autre part, je le fais moins pour que vous écriviez ce que je viens de vous dire que pour attirer votre attention sur *quelque chose* de plus vaste et de plus dangereux que ce que l'on voit. Et, remarquez, je suis tutsi, j'imagine qu'on ne me dit pas tout.

— Comment ça ?

— Ce *quelque chose* s'appelle la préméditation. Des dizaines de preuves existent. Il suffit de se pencher pour les ramasser, comme les fruits pourris tombés d'un arbre. Ces soupçons ont réellement commencé en septembre 1992, lorsque l'état-major rwandais a rédigé une lettre dans laquelle il était écrit que « l'ennemi principal est le Tutsi ». Je m'en souviens parce que cette lettre m'est passée entre les mains et que je me suis plaint au gouvernement central. Notez d'ailleurs que l'ennemi principal est toujours le Tutsi de l'intérieur comme celui de l'extérieur : la volonté de ces hommes ne s'arrête pas aux frontières du pays.

Quelques maisons en pisé semblaient avoir été posées à la lisière de la ville. La voiture roula longtemps avant d'arriver dans la région de Gikongoro.

Une fumée noire, âcre, s'élevait sur la droite de la route. Un attroupement s'était constitué. La voiture s'approcha. Une dizaine de petites maisons d'agriculteurs avaient été incendiées.

L'assemblée qui s'était formée se fendit sur le passage du préfet. Sacha le suivit, Benjamin prit ses premiers clichés depuis la voiture et, doucement, s'approcha aussi. Au sol, des corps de femmes, d'enfants, de jeunes garçons gisaient sans vie. Une complainte, presque un chant, pourtant frêle, un fredonnement, s'élevait de l'une des maisons. Autour, quelques hommes, quelques femmes, se trouvaient là, sans bouger, eux-mêmes comme figés. Certains portaient des enfants dans les bras. Sacha se demanda pourquoi offrir à leurs yeux si jeunes la vue de cette scène dénuée de sens comme d'humanité.

L'effroi les saisit.

La terre s'était mise à brûler.

Daniel,

Le crépuscule est venu, ma mère n'était toujours pas rentrée du marché. J'ai attendu toute la nuit, je ne pouvais pas partir à sa recherche, laisser le petit.

Au soir, en écrivant sur mon carnet, j'ai demandé à un soldat de m'aider à la retrouver, je lui ai montré une photo d'elle. Il était si jeune. Lui aussi, il avait une mère. Il m'a promis qu'il ferait de son mieux. Il ne savait pas mentir. Au fond de moi, une voix me disait que je ne la reverrais pas, que c'était terminé. Qu'elle avait été happée par l'océan déchaîné, là-bas, dehors. Peut-être savait-elle ce qui lui arriverait. Peut-être a-t-elle préféré ne pas connaître l'issue de ces heures. Ne pas assister à la violence qui, inévitablement, finirait par s'abattre sur nous.

Rejoindre mon père. Se reposer à jamais.

Joseph va mieux, il dort à présent, il est apaisé, la fièvre est tombée.

L'ambassade a été vidée. Les diplomates, les Français ont été évacués. Les documents de l'ambassade ont été brûlés en plein milieu du parc, sur la pelouse. Une grande flamme s'est élevée. Des employés de l'ambassade, de la résidence, des expatriés réfugiés ici se sont retrouvés autour de ce brasier. Il y a eu un moment de silence généralisé, peut-être d'hésitation. À présent, les flammes se sont éteintes, il ne reste plus que des morceaux de papier carbonisés qui virevoltent dans les airs. Et un trou, sale, au milieu du gazon pourtant si vert, si gras.

Au matin, les derniers sont partis. Je suis allée voir un soldat, un autre soldat que celui d'hier, je lui ai demandé si nous serions évacués nous aussi. Il m'a répondu qu'ils n'avaient pas de mandat pour prendre parti, qu'ils avaient reçu l'ordre de n'évacuer que les Français. Sur mon carnet, j'ai écrit : « Évacuer une femme et un bébé, c'est prendre parti ? » Il m'a dit :

— Je suis désolé.

J'ai écrit : « La famille du président Habyarimana est rwandaise et pourtant vous l'avez évacuée. » Il m'a dit :

— Je suis désolé.

Et je le crois. Je crois qu'il était vraiment désolé. Alors, comme il ne détournait pas le regard, j'ai un peu espéré et j'ai écrit : « Mon père, ses parents avant lui, ma mère et moi, nous servons cette ambassade depuis quarante ans. » Et il a dit :

— Attendez-moi ici.

Il s'est éloigné, je l'ai vu s'adresser avec respect à un officier. Je sais qu'ils ont parlé de moi, ils regardaient dans ma direction. Et l'officier a fait « non » de la tête. Le soldat m'a dévisagée, il était loin mais il me fixait. Il avait les yeux bleus d'un enfant. Je ne l'ai pas revu.

J'ai cherché l'ambassadeur, je ne l'ai pas trouvé. Je suis allée frapper jusque dans sa chambre. Nous les avons servis, lui, ses prédécesseurs que nous avions tant aimés, les centaines de diplomates de passage, leurs familles, leurs invités. Et ils sont partis. Sans même un au revoir, nous sommes livrés aux pillards, à la furie.

Avant leur départ, j'ai entendu quelques soldats dire que le FPR se dirigeait vers Kigali. Es-tu parmi eux ?

La plupart des autres employés tutsi de l'ambassade ont regagné leurs maisons, ils n'ont plus rien à faire ici. Certains ont supplié leurs supérieurs hiérarchiques de les aider à rejoindre les leurs, de les évacuer. Je leur ai proposé de dormir chez nous. Ils n'ont pas voulu, ils étaient pressés de retrouver leur famille. Je prie pour qu'il ne leur arrive rien.

Je suis montée sur l'échelle, j'ai eu le courage de regarder la ville. Kigali était défiguré. Ils ont dressé des barrages. Le volume des radios est tellement puissant qu'on les entend depuis la maison de vanille. Ils s'encouragent. Ils s'entraînent. Ils dénoncent, ils disent : « Un groupe de cafards s'est réfugié dans l'église ; un groupe de cafards s'est réfugié dans l'hôpital. » Et puis ils mettent de la musique. À certains barrages, des gens se font faucher sur un air de Papa Wemba ou une chanson en lingala.

J'ai vu les garçons qui tiennent ces barrages. Quelle que soit l'heure du jour ou de la nuit, ils sont ivres. Des militaires viennent rire et boire avec eux. Parfois ils leur distribuent des armes. Ils sont en transe, on leur a donné le pouvoir de décider de la vie ou de la mort des autres.

La RTLM a annoncé que les Belges allaient retirer leurs troupes. Je ne comprends pas, je ne comprends rien. Est-ce nous qui devenons fous ?

Rose

9

Les journalistes, le préfet et son aide de camp reprirent la route en direction de Butare. « Nous devons faire notre possible pour ne pas céder. Il faut que notre ville reste calme. Je ne permettrai pas que des massacres comme celui auquel nous venons d'assister se reproduisent », avait affirmé le haut fonctionnaire, habité, assenant de petits coups de poing sur le volant du véhicule de service. Lorsque Benjamin fit état du barrage à l'entrée de la ville, dressé sur la route à leur arrivée de Gitarama, le préfet parut déconcerté. Il resta quelques instants interdit, se tourna vers son aide de camp, qui n'en savait manifestement pas davantage. Le photographe affirma que les hommes en faction au barrage ne leur avaient rien demandé, à peine avaient-ils jeté un œil distrait à l'intérieur de l'habitacle. Cela ne rassura pas le préfet pour autant. Il hochait la tête à mesure qu'il digérait l'information. La voiture atteignit une intersection.

Le préfet donna un coup de volant, fit bifurquer le véhicule dans la direction qu'il supposait être celle de la barricade évoquée par Benjamin.

Ils ne tardèrent pas à l'atteindre. Les hommes pour la plupart s'étaient mis à boire. Un poste de radio sans fil crachait une musique violente. De larges bidons ouverts dans la longueur, disposés sur des tréteaux de bois, avaient été installés des deux côtés du barrage. On y avait allumé de grands feux. Le fonctionnaire pria Sacha et Benjamin de rester dans la voiture. Hors de lui, en bras de chemise et la cravate dénouée, il se leva, fit claquer sa portière, se dirigea vers eux. Il apostropha celui qui conduisait les opérations. Sacha et Benjamin ne parvinrent pas à entendre la teneur de l'échange. Le préfet faisait de grands gestes ; l'autre l'écoutait, faussement patient, un sourire mauvais au coin de la bouche. Il se retourna, intima d'un geste à ses hommes l'ordre de lever la barrière et de laisser les véhicules circuler. Ils s'exécutèrent.

Le préfet revint à la voiture, à cran. Il observa un moment les hommes du barrage se disperser. Sacha lui demanda pourquoi il avait refusé que les journalistes le suivent.

— Si nous cédons, si nous leur montrons que nous avons peur, nous sommes morts, finit-il par déclarer. Je leur ai dit que je ne tolérerais pas de barrage dans la région. S'ils vous avaient vus, ils n'auraient sûrement pas accepté de se ranger à ma demande devant des étrangers, *a fortiori* devant des journalistes.

Les miliciens urinèrent sur les flammes, et la nuit fut tout à fait noire lorsqu'elles s'évanouirent. Une odeur aigre, persistante s'en dégagea. Le préfet décida de rentrer. Alors qu'il démarrait, les miliciens jetèrent des bouteilles en verre dans leur direction. La plupart vinrent s'écraser contre la voiture. De la bière se répandit sur le pare-brise.

— Oh ! Le préfet ! Ne t'en fais pas, toi aussi, on t'aura !

***

Adossé à sa jeep, Daniel attendait Sacha et Benjamin. Les voyant descendre de voiture au point de rendez-vous, il se précipita à leur rencontre, sans remarquer la présence du préfet.

— Rose n'était pas à Butare.

Daniel s'assit à même le sol, sur le rebord de la chaussée.

— Je ne comprends pas. J'imagine qu'elle est restée à Kigali. Je vous ai attendus pour vous dire que je dois rentrer. Je regrette, mais je ne peux pas vous emmener tout de suite auprès de Paul Kagame.

Le préfet s'adressa directement à Daniel. Sacha nota qu'il était à la fois affable et direct, empreint d'une autorité dénuée de faux-semblants.

— Monsieur, permettez-moi de me mêler à votre conversation. Je suis le préfet de Butare. J'ai une proposition à vous soumettre : la route n'est pas sûre jusqu'à Kigali. Les informations dont je dispose font état de nombreux assassinats dans tout le pays. Pire que des assassinats, des massacres. Ici, pour le moment, vous êtes en sécurité.

— C'est justement à cause de ces assassinats que je veux retrouver ma femme !

— Écoutez-moi. Les délégués de la Croix-Rouge à Butare doivent me rejoindre à la préfecture pour faire le point sur la situation dans la région.

Puis, se tournant vers Sacha et Benjamin :

— Essayez de les convaincre de vous prendre avec eux. Ils ont reçu pour ordre d'aller à Kigali, en renfort de l'équipe qui s'y trouve. Dans un véhicule de la Croix-Rouge, vous avez bien plus de chances de rentrer sains et saufs que dans une jeep conduite par lui.

Il avait pointé son doigt en direction de Daniel. Sacha répondit :

— Il a de faux papiers, pourtant.

Le préfet sourit.

— Hélas, ses faux papiers ne valent pas grand-chose face à des décennies d'endoctrinement. Dans le pire des cas, au premier barrage que vous rencontrerez, ils ne lui demanderont même pas de les présenter. Dans le meilleur, ils se poseront des questions. Et le simple fait d'avoir un doute, pour eux, conduira à son exécution. Je veille et je veillerai à ce que des tueries comme celle de ce soir ne se produisent pas à Butare. Mais pour le reste du pays…

Sacha se tourna vers Daniel. Le préfet reprit, le regardant droit dans les yeux :

— À mon humble avis, vous avez trois possibilités : premièrement, vous attendez les délégués de la Croix-Rouge et vous tentez de partir avec eux. Deuxièmement, vous prenez la route, mais vous laissez le volant à l'un des journalistes et vous vous cachez dans le coffre. Troisièmement, vous restez ici, à Butare, en attendant d'avoir des nouvelles de votre famille.

Daniel serrait les poings. Il n'était pas de ceux qui haussent le ton, qui s'emportent. La raison, une fois de plus, prit le dessus, mais vida son cœur du peu d'espoir qui y subsistait.

— On attend la Croix-Rouge. Mais on ne part pas plus tard que cette nuit. S'ils refusent, on prend ma voiture.

Ils acquiescèrent en silence.

***

Sacha demanda au préfet l'autorisation de téléphoner. Elle s'isola, Benjamin la rejoignit. Elle décrocha le combiné, lui passa l'écouteur ; la ligne paraissait bonne. Sacha apprit tout de suite à Bernard Witz qu'ils se trouvaient à la préfecture de Butare, dans le sud du pays.

— Que se passe-t-il là-bas ? La moitié des journalistes de la terre est arrivée à Kigali pour couvrir le départ des expatriés, répondit Witz.

— À vrai dire, la situation est assez compliquée à décrire. On a assisté à une scène terrible, à quelques kilomètres de la ville. Des gens ont été massacrés. Il y avait des enfants. Il règne ici une atmosphère de fin du monde, mais le préfet de la région nous indique qu'il tente de maintenir l'ordre. En ville, je ne crois pas qu'il se passe quoi que ce soit. On ne voit pas de gens armés.

— À Kigali, les agences parlent d'un bouleversement total.

— Dis-m'en plus, s'il te plaît.

Witz saisit une dépêche, la lui lut :

Kigali, 9 avril 1994 – avec notre bureau à Kampala.

L'origine du tir du missile qui a abattu l'avion du président rwandais Juvénal Habyarimana alors qu'il entamait sa phase d'atterrissage vers l'aéroport de Kigali reste inconnue. Le président Habyarimana était accompagné de son homologue burundais Cyprien Ntaryamira et de plusieurs dignitaires du régime rwandais, dont le chef d'état-major, le général Deogratias Nsabimana. L'équipage français a également péri dans cette attaque.

Les deux chefs d'État revenaient d'une rencontre régionale qui s'est tenue à Dar es-Salaam (Tanzanie), au cours de laquelle le président Habyarimana avait accepté d'installer les institutions de transition prévues par les accords d'Arusha, qui avaient temporairement mis un terme à la guerre civile rwandaise.

Le soir même, des groupes armés semblaient avoir pris le contrôle de la ville de Kigali, avec l'assentiment de l'appareil sécuritaire. Des dizaines de barrages filtrants, peut-être davantage, ont été dressés afin de restreindre la circulation des opposants au régime et des membres de la minorité tutsi. Dans la nuit, des troupes du FPR stationnées à la frontière ougandaise ont fait mouvement en direction de Kigali.

Quelques heures après l'attentat, les Forces armées rwandaises ouvraient le feu en direction du Parlement, où sont stationnées des soldats du FPR, en vertu des accords d'Arusha.

Le lendemain de l'attentat, Agathe Uwilingiyimana, Premier ministre du Rwanda, partisane d'un meilleur partage du pouvoir, a été assassinée à son domicile, ainsi que dix casques bleus belges chargés de sa protection et d'autres personnalités hutu modérées. Depuis, Bruxelles a fait savoir que le dimensionnement de son contingent stationné au Rwanda pourrait être reconsidéré. La mission des Nations unies pour l'assistance au Rwanda (Minuar) est sollicitée par les organisations humanitaires pour escorter les convois de blessés depuis les hôpitaux de Kigali vers les centres médicalisés de la région.

Des dizaines d'obus de mortier se sont abattus sur la capitale depuis l'attentat contre l'avion du président Habyarimana.

La plupart des puissances occidentales ont entamé des opérations d'évacuation de leurs ressortissants, *via* Nairobi (Kenya). Des convois, escortés par

des parachutistes français, emmenaient les résidents étrangers vers l'aéroport de Kigali, depuis les ambassades, écoles française et belge et autres représentations diplomatiques.
À Kigali, des centaines de personnes sont mortes, sinon plus, lors de massacres interethniques qui s'inscrivent dans ce soubresaut de la guerre civile du Rwanda. Les organisations humanitaires présentes sur place soulignent l'extrême précarité dans laquelle évoluent les équipes médicales des hôpitaux de Kigali. Elles déplorent une atmosphère de chaos, entretenue par l'armée avec le soutien du gouvernement provisoire. Des tracteurs ramassent les cadavres qui jonchent les rues de certains quartiers de la capitale. Des journalistes ont constaté que la morgue centrale de Kigali ne pouvait traiter davantage de personnes décédées. Des corps sans vie sont entassés à proximité du bâtiment.
D'autres rapports font état d'affrontements dans d'autres régions du pays qui auraient conduit au décès de milliers de personnes.

Sacha avait écouté silencieusement. Elle prit quelques notes.

— C'est factuel, rien à redire. Toutes les dépêches sont du même acabit ?

— J'en ai bien l'impression, fit Witz.

— Quelque chose nous échappe, Bernard. Je vais essayer de l'écrire.

Il recommanda aux journalistes d'être prudents, transféra la ligne à Marie Bréal. La secrétaire de rédaction communiqua à Sacha les noms des correspondants qui avaient été dépêchés au Rwanda : Sacha souhaitait s'entretenir avec eux. Quelques-uns des articles mentionnaient l'hôtel des Mille Collines et l'hôtel Méridien, les journalistes pourraient probablement y être joints.

Elle raccrocha. Durant plus d'une heure, ils parlèrent avec des confrères, français et étrangers. La plupart séjournaient à Kigali. Les lignes téléphoniques semblaient en état de marche.

De chacun, ils obtinrent le même constat. La situation était confuse, en constante évolution. Kigali était à la merci des groupes armés. Les pays occidentaux achevaient les opérations d'évacuation de leurs ressortissants dans un climat particulièrement tendu. Les journalistes eux-mêmes étaient susceptibles d'être pris à partie en fonction de leur nationalité, de leur itinéraire ou de l'identité des personnes qu'ils étaient suspectés de transporter dans leurs véhicules. De manière méthodique, la liberté de circulation de la population était entravée. Le droit de vivre de la minorité tutsi était purement et simplement remis en question, tout comme celui des Hutu que d'aucuns qualifiaient de « modérés », manifestant une opposition quelconque à l'attitude des miliciens *interahamwe* et des FAR. L'écho provoqué par la multitude de collines autour de la capitale rendait très difficile l'identification des bases de lancement des obus de mortier. Leurs tirs rythmaient les journées. Tous les journalistes insistaient sur la violence des combats armés observés dans un certain nombre de secteurs, particulièrement à proximité du Parlement. Des rumeurs circulaient quant à la progression du FPR et aux crimes, réels ou supposés, dont ses soldats seraient responsables, ajoutant à l'hystérie collective qui avait gagné la population. Des centaines voire des milliers de victimes civiles étaient à déplorer. Les blessures causées par les machettes, à la tête, aux membres, fatales ou non, étaient terribles, tout comme les actes crapuleux, les viols, les règlements de comptes. Des centaines de personnes s'étaient réfugiées dans les hôpitaux, les dispensaires, les écoles, les églises ; on y évoquait des tueries – certains journalistes y avaient assisté, infirmant l'idée selon laquelle ces lieux seraient pour ceux qui y trouvaient refuge des « sanctuaires ». D'après l'ONU, les dépôts d'armes clandestins avaient tous été pillés, vidés. Les organisations humanitaires étaient dépassées par le nombre insensé de personnes à traiter mais aussi par la nature des blessures qui leur avaient été infligées.

« L'humanité s'est simplement évaporée », dit un journaliste canadien à Benjamin. Un confrère suisse avoua à Sacha : « La quasi-totalité des journalistes est stationnée à Kigali, personne n'a encore réellement constaté ce qu'il se passe dans le reste du pays. »

Ils raccrochèrent, songeurs. Chacun, séparément, tentait de faire le point. Benjamin rompit le silence.

— Qu'est-ce que tu en penses ?

Sacha leva les yeux, parvint à s'extraire de ses notes. Elle se dit qu'il avait été recruté pour réaliser un reportage sur l'Afrique du Sud post-apartheid et qu'elle l'avait entraîné dans la région des Grands Lacs. Qu'ils assistaient à la rupture des digues d'un pays qu'ils ne connaissaient pas.

— J'en pense que je suis soulagée de t'avoir avec moi.

Il lui sourit.

— Et plus sérieusement ?

— Je suis tout ce qu'il y a de plus sérieux. Sinon, j'en pense que nous devons impérativement retourner à Kigali. Mais allons d'abord retrouver Daniel et le préfet. Essayons de manger quelque chose, aussi.

***

Daniel patientait dans le couloir. Rongé par la colère et l'impatience, habité par l'impuissance et l'inquiétude. Ils rejoignirent le préfet dans son bureau. On leur servit un thé au lait, du riz, des haricots, quelques boissons fraîches. Ils étaient affamés. Son aide de camp vint annoncer au préfet que les trois membres du CICR[1] étaient arrivés. Ils se joignirent à eux pour la fin du repas. Ils dînèrent en silence, puis, alors qu'on leur servait des assiettes de fruits frais, ils firent une description de la situation semblable à

1. Comité international de la Croix-Rouge.

celle que Sacha et Benjamin avaient retenue de leurs échanges avec les journalistes de Kigali, à la nuance près que tout le pays, d'après eux, était touché. Seule la ville de Butare et quelques poches mineures, d'après les informations dont ils disposaient, restaient relativement épargnées.

Le préfet échangeait avec ces humanitaires et les journalistes dans une atmosphère étrange, secrète, presque clandestine. Les portes étaient closes, les stores tirés, un silence pesant enflait dans chaque interstice de la conversation. Sacha eut le sentiment qu'ils étaient forcés de se cacher. Elle n'aurait su dire de qui ou de quoi avec précision, mais elle éprouvait cette impression que chaque mouvement – le déplacement du préfet plus tôt dans la soirée –, chaque déclaration – celles que faisaient les humanitaires en ce moment même – étaient susceptibles de provoquer une réaction incontrôlable et, par suite, mortelle. Elle avait par le passé assisté à des scènes semblables, aux conciliabules, aux tractations, aux poignées de main qui infléchissent le cours d'un conflit, aux alliances imprévues ; jamais, auparavant, elle n'avait eu la sensation qu'en une fraction de seconde un mot pouvait provoquer un tremblement de terre.

Au fond, elle était pétrie d'un certain respect, d'une bienveillance sincère à l'égard de ce préfet qui ne se focalisait que sur le bien-être de ses administrés. À aucun moment il ne sollicita le CICR pour protéger les siens ; à aucun moment il ne demanda à ses représentants d'intervenir auprès des casques bleus pour assurer sa sécurité personnelle. Il ne se préoccupait que du maintien de l'ordre, de sa capacité à refréner les ardeurs d'éléments trop excités, trop haineux. Il avait pourtant manifestement désobéi, il venait de le sous-entendre devant cette assemblée étrange, aux injonctions du gouvernement de transition qui lui demandait de veiller à l'application de directives qui conduisaient le Rwanda à sa perte partout où cela semblait possible.

Le chef de mission de la Croix-Rouge, un homme sec, les cheveux poivre et sel et la barbe naissante, évoqua le cas de deux ambulances du CICR arrêtées à un barrage à Kigali. Elles transportaient des blessés destinés à être emmenés vers un hôpital de campagne établi dans une école à proximité de la délégation. De force, les miliciens *interahamwe* avaient demandé aux ambulanciers de faire descendre les blessés. Ils avaient été achevés, sans raison, sans sommation, à même le sol, à la machette et au fusil automatique.

Il poursuivit la litanie de récits funestes qui, réunis, traduisaient la mise en branle d'une mécanique inflexible. Tous posèrent leurs couverts sur la table, l'écoutèrent. Sacha prit quelques notes, Benjamin eut l'autorisation d'immortaliser la scène.

Le préfet reprit la parole :

— Messieurs, dit-il en s'adressant aux délégués du CICR, j'ai une faveur particulière à formuler. Nous sommes ici en présence de deux journalistes français et de leur accompagnateur, Daniel. Ils doivent impérativement rejoindre Kigali dans les plus brefs délais. Accepteriez-vous de les prendre en charge ?

Les humanitaires échangèrent un regard. Le chef de mission répondit. Son phrasé avait quelque chose de définitif sans être péremptoire. On l'aurait dit doué de la faculté de traiter les uns après les autres les dilemmes qui se présentaient à lui avec une rationalité déconcertante et réconfortante. Le magnétisme des êtres lumineux.

— Cela pose deux difficultés. D'une part, la délégation nous a demandé de faire plusieurs haltes avant de rejoindre Kigali. Je ne sais pas à quel point vos convives sont pressés, dit-il en s'adressant au préfet, mais nous risquons de ne pas atteindre la capitale avant trois ou quatre jours, tenez-en compte.

— Nous ne pouvons pas attendre davantage, réagit Daniel, catégorique.

— L'autre difficulté, poursuivit l'homme du CICR en s'adressant à Daniel, c'est que ce convoi a toutes les chances d'être considéré comme un transport d'opposants tutsi si vous nous accompagnez. Comprenez-moi bien : si cela ne dépendait que de nous, vous seriez le bienvenu dans notre véhicule, et advienne que pourra. Mais je vous ai expliqué ce qui est arrivé à nos convois de Kigali ces jours-ci. La tentation de généraliser est forte au Rwanda, monsieur le préfet, compléta-t-il en s'adressant de nouveau au fonctionnaire. Une mauvaise interprétation de ce transport à un barrage, et c'est toute l'activité humanitaire du CICR dans le pays qui sera remise en question, entravée, empêchée. C'est un risque que je ne peux prendre pour les milliers de blessés qui ont et auront besoin de nous.

— Je vous prie de m'excuser, messieurs, dit Daniel en se levant, mais dans ce cas je dois y aller.

— Il reste encore une possibilité, répondit l'homme du CICR, retenant Daniel.

— Faites vite. J'ai déjà perdu trop de temps.

— Vous avez une voiture ?

Daniel acquiesça. L'homme se leva et, sans plus d'explications, quitta la pièce. Tous le suivirent.

Trois jeeps étaient stationnées sur le parking : les deux véhicules du CICR marqués de la Croix-Rouge et la voiture de Daniel. L'humanitaire ouvrit son coffre, fouilla dans son matériel quelques instants. Il en sortit un sac contenant des tee-shirts et un bâton autour duquel était enroulé un linge blanc. Il le déplia ; ils découvrirent un drapeau de la délégation, fixé à un mât.

— Voici ma proposition : portez ces tee-shirts marqués de l'emblème de la Croix-Rouge, déployez ce drapeau à l'approche des barrages, des grands carrefours, à votre arrivée en ville. J'espère que le symbole vous offrira un tant soit peu de protection.

Du regard, les journalistes interrogèrent Daniel.

— J'ai une seule condition à poser avant de vous laisser me répondre, poursuivit l'homme. Si d'aventure les choses tournaient mal, brodez, inventez, dites que vous avez volé le véhicule. Ne le faites pas pour nous. Faites-le en pensant aux enfants, aux femmes, aux vieillards que le CICR aura à prendre en charge.

Daniel se dirigea vers l'homme du CICR, le toisa. Puis il lui tendit la main. Il la serra un long moment, le regardant droit dans les yeux.

— Merci, lui dit-il simplement.

Daniel saisit un tee-shirt, le passa. Sacha et Benjamin firent de même.

— Ça vous va plutôt bien, s'amusa le délégué de la Croix-Rouge.

Ils esquissèrent un sourire, finirent même par rire, tels des enfants qui se seraient déguisés pour jouer, tels des adultes qui savaient apprécier le bonheur d'un instant, avant que le sol ne se dérobe sous leurs pieds.

Sacha demanda un dernier moment à Daniel : elle souhaitait rappeler sa rédaction. Elle ignorait si elle aurait bientôt accès à une ligne téléphonique digne de ce nom : l'activation de l'Inmarsat serait fastidieuse avant leur départ.

Elle fit part à Bernard Witz des échanges qu'ils avaient eus avec les correspondants envoyés à Kigali, qui lui avaient fourni une description apocalyptique des événements dans la capitale. Sacha évoqua leur dîner avec le préfet et les représentants de la Croix-Rouge, les conditions dans lesquelles ils s'apprêtaient à rentrer à Kigali. Dès leur arrivée, ils tenteraient de rejoindre Paul Kagame ; la journaliste savait qu'elle n'y gagnerait aucune exclusivité, mais elle y tenait. Ils déposeraient une demande d'interview auprès du commandement des Nations unies et du gouvernement provisoire. Elle souhaitait dicter un court texte à une secrétaire de rédaction ; elle laissait le rédacteur en chef décider s'il pourrait passer.

— Une bonne nouvelle dans tout ça, dit Bernard Witz.

Il lui annonça que Frédéric Larrieu était de retour à Paris. Le cœur de Sacha s'emballa. Alors que la conférence de Dar es-Salaam prenait fin, Juvénal Habyarimana avait proposé à son homologue du Burundi d'emprunter son avion. L'aéronef étant plein, Frédéric Larrieu n'avait pu se joindre à la délégation rwandaise comme prévu. Dès que la nouvelle de l'attentat était tombée, il était rentré en urgence à Paris. Bernard Witz l'avait appris à l'Élysée le jour même, à l'occasion d'une conférence de presse au cours de laquelle il avait croisé le directeur de cabinet du ministre des Affaires étrangères.

L'annonce de la mort supposée de Frédéric Larrieu avait laissé en elle un étrange sentiment de vide ; ce n'est qu'une fois comblé qu'il lui apparut. Elle éprouva un soulagement empreint de gratitude pour son rédacteur en chef.

***

Sacha avait dicté à la secrétaire de rédaction un texte qui décontenança Bernard Witz. Elle s'était limitée à énumérer les faits, dans un article expurgé du style qui était le sien. Cela ne lui ressemblait pas. « Elle doit être en train d'écrire quelque chose d'autre », pensa le rédacteur en chef.

Avant de quitter Butare, Sacha, Daniel et Benjamin remercièrent de nouveau les membres du CICR ; les journalistes furent priés de faire usage de leur téléphone satellite pour prévenir la délégation de la Croix-Rouge à Kigali de ce qu'ils verraient sur la route si toutefois quelque chose leur semblait devoir nécessiter une intervention.

Les journalistes et Daniel saluèrent chaleureusement le préfet.

Au fil des jours, il allait tenter de raisonner ses administrés, de jeter le discrédit sur les auteurs de massacres, de les menacer de poursuites. Au fond d'eux-mêmes, Sacha et Benjamin se dirent que ce serait un miracle qu'un homme pareil puisse survivre au milieu des loups.

Le miracle n'eut pas lieu. Alors que le préfet et sa famille, quelque temps plus tard, étaient assassinés, le Premier ministre du gouvernement de transition se déplaça à Butare pour s'assurer que cette ville, elle aussi, allait endosser le masque de l'effroi.

Daniel,

Quelques rafales de fusils-mitrailleurs ont percé les nuages de cette fin de journée, ces nuages dont les formes avaient bercé mon enfance et comblé le silence de ma voix. J'ai voulu sortir et m'étendre sous le saule pour contempler les images de ces rêves éveillés. Mais toutes les recommandations d'usage, celles que tu m'as enseignées, se sont rappelées à moi, fugaces, sans appel. Ne pas sortir. Se terrer. Ne pas exister. La pluie a éclaté en un million de gouttelettes qui ont frappé le toit. J'ai essayé de les compter.

La porte, je le crois à présent, s'est ouverte sur leurs pas. Peut-être chantaient-ils. Peut-être riaient-ils. Ils étaient trois. Laurent et deux autres que je ne connaissais pas. Laurent, que nous connaissions si bien. Je ne savais pas que le temps pouvait être si lent. L'horreur, sur mon amie Jeanne, s'est abattue à la vitesse de l'éclair. Sur moi, elle s'est attardée, installée comme une reine. Elle s'est vautrée.

Chacun d'entre eux tenait une machette. Celle du plus petit était rouillée et sale. Une lumière blanche s'est reflétée dans celle du plus grand. L'espace d'un instant. Je me suis levée et j'ai couru. J'ai saisi Joseph qui dormait, j'ai tenu son visage contre ma poitrine et je suis sortie en direction du jardin. J'ai essayé d'ouvrir la porte qui nous sépare de la résidence de l'ambassadeur mais je n'y suis pas parvenue. Il faut me croire, Daniel, j'ai couru du mieux que j'ai pu. J'ai toujours pensé que je serais chez moi en sécurité. Peut-être que la maison de vanille me protégerait. C'est idiot. Mais j'ai tenté de m'y réfugier, avec notre garçon dans les bras. J'ai couru à travers les branches immobiles du saule. Ils sont arrivés, ils ne se pressaient pas. La porte ne s'ouvrait pas. J'ai lu dans leurs yeux le récit des minutes qui suivirent. Je l'ai perçu dans leur haleine, un mélange de bière et de chair. J'ai senti la transpiration de leur peau ; ce n'était pas celle des hommes qui reviennent du labour. C'était celle des hommes qui rentrent des marais. Ils n'étaient plus que crasse et sang.

Daniel, je t'en prie, pardonne-moi. Je ne sais pas ce qui m'a pris. Tu m'as donné un enfant, je suis devenue une mère, nos réflexes sont une grammaire qui ne s'explique pas. Nous avons tenté de mettre notre vie dans un écrin et moi j'ai su qu'ils allaient le briser. La porte de la maison de vanille ne voulait pas céder, les portes ne cèdent jamais lorsque nous en avons besoin. Alors j'ai laissé faire mon instinct. Mes membres m'ont portée, ils ont agi plus vite que la raison l'aurait commandé. Je me suis précipitée vers le mur d'enceinte, je voulais essayer d'escalader, de m'enfuir par la rue. Je me suis hissée sur la pointe des pieds, j'ai tendu les bras, je suis parvenue à déposer Joseph sur le rebord du mur. J'ai essayé de le rejoindre mais je n'ai pas réussi à m'agripper. Et leurs mains m'ont saisie. Alors j'ai fait signe à Joseph de sauter de l'autre côté, mais il n'a pas compris. Il n'a pas eu le temps de comprendre. Laurent a donné un coup dans sa direction, avec sa machette. J'ai senti mon cœur exploser, un son rauque est sorti de ma poitrine. Je crois qu'il a blessé Joseph à la cheville. Il est tombé à la renverse de l'autre côté du mur. Il hurlait. Il m'appelait. Il t'appelait. À l'extérieur, sur la route, ses cris ont résonné si longtemps. J'ai essayé de me débarrasser de leur étreinte, j'y suis parvenue l'espace d'un instant, à nouveau j'ai pu atteindre le mur, j'ai tenté de m'échapper. En vain. Ils m'ont poussée dans la maison de vanille ; la porte, cette fois, a cédé. Alors j'ai su que ma vie ne serait jamais la même et je n'y ai rien pu.

Daniel, je t'écris depuis plus de dix ans. Ces mots sont ma seule richesse, le seul gage de mon amour. Je t'ai toujours pressé de lire mes lettres mais celle-là, je ne t'y oblige pas. Je l'ai écrite parce qu'il est impossible de garder ces mots en moi.

Je ne dors plus.

Je ne mange plus.

Je ne bois plus.

Je ne bouge plus.

Mon corps est flétri. Mes mains sont sèches. Mes yeux pleurent sans même y penser.

Daniel, je crois qu'ils auraient dû me tuer. On ne fait pas cela à une bête. On la bat, on la traîne et on la tue. Ils auraient dû m'achever. Et maintenant, je dois t'écrire pour ne pas mourir de moi-même.

Ne lis pas ces lignes, Daniel. Je t'en supplie, ne les lis pas. Je ne veux te causer aucune souffrance. C'est comme si les rayons du soleil avaient brûlé un édifice de paille et qu'une seule brindille était restée au sol. Elle est là et elle attend que l'on vienne la ramasser. Qui sait qui, de toi ou du vent, viendra le premier pour m'emporter ?

Chaque soir, mon père me racontait une légende du Rwanda. Ma préférée, celle que je le suppliais de me dire toutes les nuits, rappelait que les mille collines de notre pays naquirent pour chacun des mille premiers enfants de ces contrées. Ces mille princes et princesses se virent confier la lourde tâche de veiller sur les collines. Imana notre Dieu les priait chaque matin d'en prendre soin. Ces collines, ils les avaient reçues en cadeau. Oublier cette demande les condamnerait à voir les vallées s'élargir et les fleuves creuser leurs sillons entre elles. Le Rwanda ne serait plus.

Le temps fit son œuvre ; ces mille enfants s'intéressèrent aux collines qui étaient les plus proches d'eux. Chacun voulut élargir son espace, agrandir sa parcelle, les princes ne sont jamais rassasiés. Les batailles firent rage entre les frères et sœurs, ils levèrent des armées pour que la colline du premier soit plus grande et plus puissante que celle du second.

Les mille collines se transformèrent en un millier de champs de bataille. Ces mille vieux enfants s'entretuèrent, frères et sœurs de la première heure, ils étaient devenus fous. Peu importait à Imana que les collines fussent détruites. Il s'agissait des mille princes et princesses. Ils étaient le Rwanda et le Rwanda n'était plus.

Aujourd'hui que ma famille disparaît et qu'Imana semble nous avoir quittés, j'imagine que je suis restée la seule princesse de notre colline. Les autres se sont éloignées, les cours d'eau sont devenus des océans.

Laurent s'est avancé vers moi. Que lui avions-nous fait, si ce n'est lui permettre de jouer dans notre jardin et sur la balançoire voilà quelques années ? Dehors, les cris de Joseph ne cessaient pas et quelques maisons incendiées donnaient au crépuscule une teinte étrange. En écoutant le récit de ces femmes violées, je n'imaginais pas qu'il serait possible de ressentir une forme de détachement, d'être attentive au cours des choses. J'ai pensé à celles qui ont été souillées et engrossées, à celles qui ont été infectées et qui mourront d'un mal incurable.

La chaleur a été insupportable mais je l'ai supportée.

Leur souffle a été insupportable mais je l'ai supporté.

Ils ont regardé dans le miroir, ils se sont vus et rien ne les a arrêtés. Pas même ce qu'ils étaient.

Les deux autres ne savaient pas que j'étais muette. Ils auraient voulu que je crie, que je prie, que je les implore et ils auraient été satisfaits. En s'avançant vers moi, Laurent a tendu sa machette et j'ai cru qu'il viendrait la planter en moi comme on tranche les feuilles épaisses des arbres pour en tirer la sève par un coup sec, déterminé. Il s'est contenté de la brandir près de mon visage. J'ai senti le froid du métal et j'y ai vu le sang des autres. J'ai pensé que nos frères étaient sur ce couteau. Et j'ai voulu les y rejoindre, pour en finir. Mais ce n'était pas ce qu'ils voulaient, eux.

Je savais que leur refuser ce qu'ils exigeaient me condamnerait. Et puis on ne refuse pas en ces jours ce que la vie vous impose. Elle est une averse. Impuissant, on attend qu'elle s'achève, on ne dit mot.

Il a passé sa machette sur mon crâne, et j'ai fait « non » de la tête parce que je voulais que tu puisses, un jour, reprendre mes cheveux entre tes mains.

Il a passé sa machette près de mes yeux, et j'ai fait « non » parce que je voulais, un jour, recommencer à vous regarder dormir et sourire.

Il a passé sa machette à la naissance de ma bouche, et j'ai fait « non » parce que je voulais, un jour, pouvoir de nouveau vous embrasser.

Il a glissé sa machette contre ma nuque, et j'ai fait « non » parce que je ne désirais rien de plus que te laisser, un jour, la caresser.

En me touchant de sa main, il a frotté sa machette contre mon ventre, et j'ai fait « non » parce que je voulais, un jour, te donner un deuxième enfant.

Il a avancé sa machette entre mes cuisses, et j'ai fait « non » parce que je t'ai imaginé, un jour, passant ta paume contre elles.

Il a posé sa machette. Le mal m'a foudroyée. Les deux autres l'ont regardé faire. Il m'a jetée à terre. Il m'a attrapée comme on saisit une branche. Il m'a brisée comme on tord un roseau ou de la tôle.

Des larmes ont jailli de mes yeux comme un fruit pourri explose en tombant. Ton visage est apparu dans chacune des gouttes qui sont tombées. Ma peau s'est fendue comme la terre se craquelle lorsque la pluie n'épouse pas les sillons qui s'y sont formés. Ses mains sales sont entrées en moi. Elles ont éteint toute chaleur. J'ai senti mon corps se transformer, lentement, du bas vers le haut. J'ai senti que je ne serais plus jamais une femme et j'ai voulu regarder le miroir pour me souvenir de moi. De l'air sec est resté prisonnier au fond de ma gorge et j'ai cru que la pièce entière s'était jetée en moi lorsque les deux autres se sont précipités à sa suite. Une violente douleur a saisi l'arrière de mon crâne et a couru jusqu'au plus profond de mes entrailles. Je suis devenue lourde et mon regard s'est embué, je n'ai plus rien vu.

Mes mains ont frappé du plus fort qu'elles ont pu. Les râles de ces hommes ont empli la pièce dans laquelle je suis née, dans laquelle j'ai grandi, dans laquelle, un jour, j'ai ri, dans laquelle je t'ai connu, dans laquelle j'ai veillé mes aïeux, dans laquelle nous avons fait l'amour, dans laquelle j'ai bercé mon fils. Mais cette pièce était pleine de leurs cris et de leurs rires d'animaux. Cette pièce moite et pestilentielle était pleine d'eux.

J'ai cru qu'ils m'étouffaient. J'ai cru qu'ils effaçaient ce que nous avions vécu. J'ai cru qu'ils étaient des dizaines ou des milliers.

J'ai cru qu'ils enlevaient toute trace de toi.

J'ai cru qu'ils enlevaient toute trace de moi.

J'ai cru que je ne serais plus que poussière. À mesure qu'ils s'avançaient en moi, mon corps s'enfonçait dans la terre. Peut-être que le Rwanda et moi ne faisions plus qu'un. Ils nous ont violés au même instant. J'ai cru que mes yeux à jamais resteraient clos. J'ai cru que ma gorge à jamais resterait prisonnière de ce souffle qui l'obstrue. J'ai cru que mon corps peut-être pourrait s'envoler et leur échapper. Mais mon corps a hurlé son chagrin infini. Lourd, pesant il est resté.

Combien de temps ont-ils continué ? Je ne sais pas, peut-être quelques minutes. Ou peut-être l'éternité. Le parfum de la vanille qui embaumait notre vie, alors, s'est estompé.

Rose

10

Où qu'ils aillent, la mort les avait précédés. Sur la route de Kigali, chaque ville, chaque village, chaque parcelle était atteinte. Le long des chemins, sur le bitume, à l'orée des bois, dans les marais, ils ne purent détacher le regard des cadavres, parfois recouverts de draps, autour desquels s'affairaient des chiens errants. Les vivants (leur carte d'identité indiquait qu'ils étaient nés de la bonne ethnie, qu'ils ne s'étaient pas opposés aux massacres ou qu'ils en avaient par miracle réchappé) longeaient les mêmes artères, les mêmes forêts, passaient devant les maisons incendiées, les linceuls improvisés, les blessures qui ne se refermeraient jamais. Le regard des témoins ne connaîtrait aucune quiétude, aucun répit.

Un missile avait atteint l'avion présidentiel et les fragments de la grande histoire s'étaient glissés jusque sur ces collines. Sacha se demanda comment la désolation avait pu s'abattre sur une contrée si belle qu'elle aurait dû rester vierge de toute violence.

À chaque fois qu'ils étaient descendus de voiture, Daniel avait gravé une fleur dans la pierre, dans l'écorce d'un arbre, à même le sol, sur la terre.

Soucieux de pouvoir travailler depuis Kigali, les journalistes durent se faire à l'idée que la ville ne pourrait être atteinte aussi vite que Daniel l'espérait. L'empathie grandissante que Sacha et Benjamin éprouvaient à l'égard de Daniel les emplissait de l'espoir sincère qu'il pourrait retrouver son aimée. « Mon aimée », c'est comme cela qu'il l'appelait devant eux. Il s'était mis à parler d'elle et de leur fils. « Elle est mon sol, il est mon ciel. » Du carnet de Rose, des lettres qu'elle lui destinait, de son impatience de lire les dernières. Cet élan d'intimité s'était installé sans prévenir, à mesure que la voiture remontait le torrent qui se déversait. La piste succédait au goudron. Partout, des maisons de terre ou de tôle. Chaque jour, les routes rincées par ces orages assidus, appliqués à entretenir les vallées, à nourrir leur vert brillant, les arbres majestueux.

À certains endroits, le véhicule était arrêté. On demandait aux employés de la Croix-Rouge qu'ils feignaient d'être de venir porter secours pour des tracas du quotidien. Ailleurs, ils furent stoppés pour constater qu'il était bien trop tard : aucune armée, aucun soldat, aucune entreprise de secours ne pourrait plus intervenir. Une fureur méthodique s'était abattue sur les gens qui vivaient là.

Sacha respecta son engagement, signala plusieurs de ces lieux maudits au bureau de la Croix-Rouge à

Kigali. Durant trois jours et trois nuits, ils tentèrent de rejoindre la capitale, s'éloignant en s'approchant, s'écartant volontairement de la route qui y menait quand un barrage trop important leur faisait face, pour prendre le moins de risques possible, avant tout pour la sécurité de Daniel. Les journalistes dormirent dans des cahutes, lorsqu'elles leur semblaient propices. Daniel ne quittait pas la voiture, recroquevillé sur la banquette arrière. Il ne ferma jamais tout à fait l'œil. Ils déjeunèrent de riz et de haricots, ils dînèrent de riz et de haricots. Sacha et Benjamin prirent leur mal en patience – au fond, était-ce vraiment un mal ? Sacha, elle, écrivait. Lorsque la jeep s'arrêtait, elle recueillait quelques témoignages, elle discutait avec des gens capables de lui répondre en français. Benjamin photographiait. Daniel se morfondait. Son espoir de retrouver Rose et Joseph s'amenuisait à mesure que la jeep progressait, à mesure que le piège se refermait sur le pays tout entier. Sacha et Benjamin l'avaient surpris en train de prier. Ils l'avaient vu pleurer.

Sacha écrivait sur sa Tandy, malgré les à-coups du véhicule. Par bribes, sans discipline aucune, sans dessein. En cette fin de matinée, l'air était chaud. L'église d'Hanika se dressait devant eux. Un homme sans âge était assis à mi-chemin entre le temple et la voiture. La bouche ouverte, les mains en mouvement, il chantait. Le clocher de béton, construit à la gauche de l'édifice, surplombait une rosace peinte sur un vitrail.

Sacha observa Daniel, fourbu. Voûté. Il parvint à s'extraire de la voiture avec difficulté. Il avança d'un pas machinal sur le sentier qui conduisait vers la chapelle. De là, le lac Kivu renvoyait des reflets nacrés.

— Daniel, regardez, indiqua Sacha en pointant un doigt vers le toit de l'église d'où dépassaient des poutres de bois. Elles sont calcinées.

Daniel ne répondit pas. En ces jours de 1994, le silence était plus éloquent.

L'homme de l'entrée chantait. Une chanson d'enfant, avec des fautes d'enfant.

Lundi matin, l'empereur, sa femme et le p'tit prince
Sont venus chez moi, pour me serrer la pince,
Mais comme j'étais pas là, le p'tit…

Sacha le corrigea machinalement :

— « Mais comme j'étais *parti* ». Pas « comme j'étais pas là », ça ne rime pas.

— « Mais comme j'étais parti » ?

— « Mais comme j'étais parti ».

— D'accord, chantez avec moi.

— Non merci, je crois que je n'en ai pas envie.

Il continua de chanter, à dire « Mais comme j'étais pas là », à se tromper, seul, pour tous les jours de la semaine.

Daniel et les journalistes s'avancèrent vers l'église. Deux lourdes portes, entrebâillées, mais dont les gonds supérieurs avaient lâché, en barraient l'entrée.

Sacha et Daniel d'un côté, Benjamin de l'autre tentèrent de les ouvrir. Elles cédèrent au même moment. Une odeur pestilentielle les prit à la gorge. Un souffle chaud s'échappa de ce lieu dans lequel ils eurent préféré ne jamais pénétrer.

Quelques centaines de vies, des milliers de prières, pour ça, pour rien. Sacha pensa aux pogroms dont lui avait parlé son père, aux incendies de commerces juifs et de synagogues. Les nazis brûlaient des édifices religieux qu'ils ne fréquentaient pas, au cœur desquels ils ne pouvaient partager quoi que ce soit. Ici, des centaines de personnes, peut-être plus, mais comment savoir, avaient été massacrées par des hommes qui priaient pourtant le même Dieu. Combien de temps avait-il fallu aux assassins pour accomplir pareil dessein ?

Plus tard, de retour à l'hôtel, Sacha tenterait de traduire ce qu'elle avait ressenti dans l'église.

C'est en avril 1994 que la corolle de nuages clairs qui flottait autour de leurs collines s'est transformée en couronne d'orages et de ténèbres.
J'ai voulu que le vitrail en face de nous, aux couleurs puissantes, lumineuses, avale la pièce entière. Peut-être aurions-nous été aspirés aussi. Mais je l'aurais pardonné.
Que les bancs de bois posés au sol, calcinés, retournés, se démultiplient pour couvrir les corps étendus

et implorants. Peut-être aurions-nous ignoré ce qui avait été commis ici. Mais je l'aurais accepté.
Que les fleurs mortes sur l'autel brisé recouvrent l'église en une jungle odorante et noire. Peut-être nous y serions-nous perdus. Mais je l'aurais accepté.
Que les eaux du lac Kivu viennent à nous, inondent l'église pour emporter les corps coupés, étalés, impossibles à dénombrer. Peut-être nous y serions-nous noyés. Mais je l'aurais excusé.
Que les rayons de soleil peints au dos du Christ renversé se mettent à irradier la salle et nous éblouissent. Peut-être aurions-nous perdu la vue. Mais je crois que je l'aurais préféré.
Il me semble, je n'en suis pas certaine, que mon père m'a un jour dit : « Ceux qui se sont adaptés à tout ont survécu, mais la majorité n'en a pas été capable et en est morte. » Il parlait de la Shoah. Ou peut-être de l'après. Car la tragédie d'un génocide réside aussi dans son dénouement. À un moment ou à un autre, il doit s'arrêter. Et que se passe-t-il après ? Les peintres ont pu peindre à nouveau, en noir et gris. Les sculpteurs ont pu sculpter à nouveau, la glaise tombante, le métal froid, le minéral. Les chanteurs ont pu fredonner à nouveau, des mélodies affligées. Les compositeurs ont pu aligner leurs milliers de notes, graves, lancinantes, oubliées.
Ceux qui ne savent qu'écrire n'ont pas d'issue, car il n'y a pas de mots. Il n'y a pas de mots. Il n'y a pas de mots. Il n'y a pas de mots.

À ce moment précis et pour la première fois de ma vie professionnelle, j'aurais voulu être à Paris. Je l'ai voulu obstinément, déraisonnablement. Échapper à cette laideur, dire : « Désolée, je n'ai rien vu, faites comme si je n'étais jamais venue » puis refermer la porte, me retirer sur la pointe des pieds, me rassurer, me dire que de toute façon je n'aurais rien pu faire.
J'ai regretté le printemps naissant, les marronniers qui bordent nos boulevards rassurants. Les petits voiliers du jardin du Luxembourg. Le froid coupant de l'hiver, si tolérable lorsque le ciel est bleu. J'aurais voulu être de ceux à qui tout cela importe si peu ; ils ont raison, le quotidien est déjà difficile à supporter. J'ai envié Frédéric Larrieu, le tourbillon des ministères, les agendas sans fin, les programmes millimétrés, les courses en plein Paris, les assistantes et les réunions qui vous retiennent au bureau, qui vous privent d'assister à cela. J'ai envié mes confrères, les critiques gastronomiques, les critiques de cinéma, les journalistes politiques. Ils n'avaient ni plus ni moins de mérite que moi, simplement la chance de traiter une matière différente.
Simplement, être loin.

De petits ronds de lumière étaient visibles sur les corps et sur le sol ; des balles avaient été tirées contre le toit de l'église qui laissait filtrer cette pluie fixe, rais de lumière et de poussière, sur cet amas d'humains assassinés. Un mouvement automatique, presque irrationnel, anima le bras de Benjamin, qui saisit son Kodak DCS 400. On eût dit que la tête ne commandait plus la main. C'est à peine s'il parvint à maintenir son œil sur l'objectif.

Si les églises ne peuvent abriter la souffrance des réfugiés, si les croyants ne craignent pas d'y entrer et d'y tuer d'autres fidèles sous le regard de Dieu, alors aucun Tutsi ne doit survivre. Aucun Tutsi ne doit survivre et Sacha, qui avait par le passé croisé la route d'hommes qui consacrent leur vie à défendre Dieu, pensa que l'absence absolue de crainte devant le sacré porte en elle les germes d'une loi inique. Celle de l'instinct brut, animal, dénué de normes, de cadres comme de degrés. Le résultat s'offrait ici à leurs yeux nus, impuissants, condamnés à constater le carnage.

À la sortie de l'église, l'homme sans âge continuait de chanter et de se tromper. À présent, il répétait « Mais comme j'étais pas là, comme j'étais pas là, comme j'étais pas là… ». Alors qu'il regardait dans leur direction, un sanglot brisa sa voix.

Ils rabattirent les portes de l'édifice pour le protéger des regards. Sacha devait prévenir la Croix-Rouge, elle s'y était engagée. Qu'y avait-il à faire, sinon poursuivre leur route ? Tenter de rejoindre Kigali. L'épicentre du séisme. Là où tout avait commencé, là où des hommes ordonnaient l'anéantissement d'autres hommes. Là où les représentants du monde se trouvaient, tenteraient peut-être de mettre fin à la folie qui avait saisi ce pays. Essayer de rejoindre le FPR. Décrire la course contre la montre qui devait s'engager pour circonscrire l'incendie.

Tandis qu'ils posaient la main sur la portière de la jeep, Benjamin et Sacha s'arrêtèrent net. Leurs regards se croisèrent. Il leur sembla au même instant avoir entendu un gémissement, une lamentation. Cela venait de l'intérieur de l'église. Ils se retournèrent lentement. Était-il seulement possible que quelqu'un ait survécu à pareille atrocité ? Était-il envisageable de remettre les pieds dans cette église sans perdre la raison ?

Lentement, pourtant, ils firent demi-tour. Ils passèrent les portes du bâtiment. Leur esprit dut s'exposer une nouvelle fois à cette scène, à la lumière du lieu, à l'air vicié. Benjamin déchira les manches de sa chemise, en plaqua une contre son nez, tendant l'autre à Sacha. Ils auraient beau essayer de s'en débarrasser, cette odeur ne les lâcherait jamais plus.

Benjamin posa son appareil photo, Sacha posa son carnet, son stylo. Ils se précipitèrent en direction de la voix, près de l'autel. Ils furent contraints d'enjamber des corps, de regarder où poser les pieds. En essayant de ne pas fouler cette tombe à ciel ouvert. Dieu était-il mort sous les balles à leurs côtés ? Lui aussi, avait-il abandonné ?

Ils aperçurent une dalle de pierre qui avait été déplacée. Une main, une main d'enfant y était agrippée. Benjamin tenta de la décaler, il y mit toutes ses forces. Sacha l'aida. Ils ne parvinrent pas à la faire bouger. Benjamin glissa la tête sous la dalle ; il y découvrit un espace confiné de quelques mètres cubes, recouvert de terre, sur laquelle reposaient des corps d'enfants qui avaient dû s'y réfugier lorsque l'attaque avait surpris les fidèles. Des miliciens avaient visiblement tenté de les déloger, de déplacer le lourd panneau de pierre. Celle-ci avait été griffée, tachée de sang, enfoncée par endroits avec la crosse d'armes à feu. Combien de temps ces enfants étaient-ils restés au-dessous, sans nourriture, sans eau, dans cette odeur putride, la poitrine soulevée par la peur ? Quel âge avaient-ils ?

Benjamin se précipita au-dehors. Il arracha l'homme qui chantait à sa folie, il tira Daniel de son désespoir. Il les força à entrer, à regarder. Il dut lui-même déchirer une partie de leurs vêtements pour les plaquer contre leur visage, pour feindre d'ignorer la puanteur, les mouches, les membres éparpillés, pour rester un homme, pour ne pas abandonner. À trois, ils parvinrent à faire bouger la dalle. Benjamin se glissa à l'intérieur de ce cloître. Il devait se baisser, trop grand pour tenir debout dans ce compartiment bas et étroit qui avait servi d'abri et de tombeau aux enfants de l'église. Il devina que les assaillants avaient jeté une ou plusieurs grenades à l'intérieur. Les enfants qui étaient les plus proches de l'ouverture avaient péri, protégeant de leur corps ceux qui se trouvaient au fond.

Deux très jeunes filles lui faisaient face, debout, blessées mais vivantes. Il dut se débarrasser d'un sentiment confus, la crainte d'être la proie d'une hallucination, de voir des fantômes. Il se ressaisit. L'humanité serait un *no man's land* si telle étincelle trouant la nuit ne provoquait pas de sursaut. Benjamin éprouva au creux de sa propre chair le dénuement de leur existence. D'invisibles fils se tissèrent entre lui et ces jeunes filles. Étrange impression que cette compassion totale vis-à-vis de la détresse d'un autre si différent, victime d'un conflit sans lien apparent avec le périmètre de sa vie, aux implications si lointaines. Et pourtant.

Pourtant, Benjamin éprouva un sentiment d'urgence. Sa propre destinée dépendait désormais de sa capacité à extraire ces enfants de ce cauchemar, à les porter auprès de médecins qui sauraient prendre soin d'elles. Il ne put jamais décrire cette émotion par la suite.

La panique s'était emparée des jeunes filles. Elles ignoraient qui il était. Elles avaient oublié qu'il était possible d'être délicat. Il souleva la première d'entre elles.

— C'est fini, c'est fini.

Il voulait que ce soit une promesse, il voulait qu'elle y croie. Il la porta à bout de bras, la remit à Daniel. Il se dirigea vers l'autre ; ses vêtements devaient être plus lourds qu'elle. Sacha la récupéra. La grande était blessée à la jambe, une plaie ouverte, purulente. La première avait le corps et le visage barrés de lésions qui n'avaient pas cicatrisé. Elles se ressemblaient. Peut-être étaient-elles sœurs, cousines. Peut-être des blessures similaires infligées à des êtres si fragiles nouaient-elles une parenté entre eux.

Elles ne prononcèrent pas un mot. La plus petite glissa sa main dans celle de l'autre. Leur regard s'était fixé sur le chœur de l'église, dont on ne distinguait plus la couleur. Benjamin et Sacha, sans même se consulter, posèrent une main sur les yeux des enfants, les privant de rechercher leurs proches, tentant vainement de leur éviter d'emporter le souvenir de la folie des hommes. Doucement, ils sortirent de l'église, sous le regard de Daniel et du chanteur au petit prince.

Doucement, parce qu'ils avaient peur de les casser.

En se dirigeant vers le véhicule, Sacha songea que ça ne lui était jamais arrivé. Quoi qu'elle ait vu, quoi qu'elle ait entendu, elle n'avait jamais posé son carnet. Ni en Afghanistan, ni en Somalie, ni ailleurs. Elle n'était jamais intervenue. Elle n'avait jamais saisi la main d'un enfant. Et elle comprit, quoique leur geste fût spontané, instinctif, irrémédiablement humain, que quelque chose s'était brisé. Non pas qu'elle serait incapable désormais d'écrire, de raconter, de hiérarchiser. Mais lorsque sa main s'était posée sur les yeux de cette enfant, elle était sortie du cadre qu'elle croyait s'être imposé. C'était ce qu'il fallait faire, mais ça changeait tout. Elle enfouit ce sentiment au plus profond d'elle-même.

L'urgence, c'était d'emmener ces gamines dans un hôpital.

19 avril 1994

Daniel,

Les cernes sous nos yeux sont des stries, des rides. La fatigue n'est rien, la peur a pris sa place. Le temps n'a plus d'effet sur nous. Il nous avale, il nous broie. Nous courons parce qu'il faut tenter de survivre. Tenter de s'échapper. Tenter simplement. Voilà la différence entre eux et nous.

Nous sommes ces autres qui n'avons pas le droit de vieillir ni de nous aimer. Qui n'avons pas le droit de nous lever, de contempler le paysage offert par une simple fenêtre ou de nous arrêter quelques secondes, machinalement, devant un arbre ou l'étal d'un marchand.

Nous tuer, c'est nous priver du temps. Alors j'ai daté ma lettre, pour la première fois. Si l'on retrouve ce carnet, je veux que l'on sache ce que nous avons vécu.

Nous courons sans cesse, sans but. Depuis que j'ai quitté notre maison, mon crayon et mon carnet sont mes seules richesses. Ils me permettent de t'écrire, à toi qui n'es pas là. T'écrire, c'est me faire la promesse que tu me liras un jour.

J'ai peur de tomber en courant et d'être piétinée, coupée par ces machettes qui nous cherchent. Elles sont animées, elles sont comme le prolongement du bras des hommes qui nous chassent. Nous ne contrôlons rien désormais, pas même notre corps. Je ne peux retenir mes doigts d'enfoncer des feuilles sales dans ma gorge sèche.

J'ai peur que le froid ne force mes mains à allumer un feu alors que nous nous cachons. J'ai peur que ceux qui s'affaissent d'épuisement, le souffle court et irrité, ne m'obligent à m'arrêter, à les relever. J'ai peur d'être seule et de ne plus trouver, le soir venu, les yeux effrayés mais rassurants de ces autres dont j'ignore le nom.

Je connais par cœur, désormais, la trajectoire de leurs mains qui creusent la terre. Je sais qui partage les fruits qu'il a trouvés et qui n'en donnera jamais aucune bouchée. J'observe les spasmes de leurs corps recroquevillés lorsqu'ils dorment à même le sol et que leurs paumes calleuses, posées contre la boue durcie, sont agitées de ces milliers d'infimes mouvements liés aux rêves.

Ces jours n'ont aucun sens. Nous marchons, puis nous courons, des heures durant. La nuit tombe et la vie d'avant reprend son cours pour ceux qui nous pourchassent. Certains se sont passé le visage à la craie pour ne pas être reconnus. Certains se sont constitué des pagnes en feuilles de bananier pour mieux se fondre, protéger leurs vêtements. Mais tous rentrent chez eux, nous les entendons rire. Parfois je regarde celles et ceux qui courent avec moi. Je ne parviens pas à maintenir mes yeux dans les leurs quand nous les entendons rire. Je me dis, peut-être, que tout cela n'est qu'un jeu.

N'ont-ils pas de parcelles à cultiver ? N'ont-ils pas de femmes à engrosser ? D'enfants à élever ? De bétail à vendre et de Dieu à prier ? Pourquoi ne profitent-ils pas de ce dont ils nous privent ? Désirent-ils notre malheur davantage que leur propre joie ?

Je ne connaissais pas la femme qui est entrée dans la maison de vanille. Le parfum de notre demeure est la seule chose à laquelle je m'accroche. Je ne l'ai même pas entendue s'approcher. Alors que j'étais à terre, elle a passé sa main contre mon bras.

J'ai levé les yeux vers elle. Elle tenait une gamine en jupe bleue par la main. Joseph. Où était-il ? Combien de temps étais-je restée ainsi ? Je n'entendais plus ses cris. J'ai été prise de panique. Je me suis levée trop vite, mes poignets ont craqué lorsque j'ai tenté de me redresser. Ma tête me faisait mal, je me suis appuyée contre le mur. Je n'avais rien mangé. Les fenêtres étaient restées fermées. Je ne saurais dire combien de temps s'est écoulé entre le moment où je me suis affaissée et celui où la femme est entrée. Je me suis couverte, j'ai pris mon carnet. J'ai eu mal au dos et au bas du ventre. Cette brûlure qui ne s'effacera jamais.

Je me suis précipitée à l'extérieur, aussi vite que j'ai pu. Il n'y avait aucune trace de Joseph. Je suis rentrée de nouveau, peut-être était-il revenu à la maison ? Il n'y avait rien ni personne. J'ai frappé contre le mur.

De toutes mes forces. La femme et la fillette étaient derrière moi. Elles me regardaient.

— Tu as de la chance. Viens avec nous, maintenant. Si tu restes, tu te feras tuer.

J'ai accepté de me laisser entraîner.

La femme et la gamine sont sorties de la pièce. Elles ont ouvert la porte. Il pleuvait. Tout était trempé. Tout avait été volé. À terre, quelques gousses de vanille pourrissaient au contact de l'eau. J'en ai ramassé une, instinctivement. La gamine a demandé où on allait. La femme n'a pas répondu. « Où va-t-on ? », j'ai dessiné avec les mains.

— On profite de la pluie pour partir.

« Où va-t-on ? », j'ai recommencé.

— On va se cacher avec quelques autres dans la forêt. Il faut partir.

« Comment saviez-vous que j'étais là ? »

— Celle chez qui je travaillais me l'a dit.

« Qui ? »

— Marie.

Je me suis arrêtée. De grosses gouttes de pluie perlaient sur nos fronts. Nous étions trempées. « Marie ? », j'ai écrit sur mon carnet.

— Pour pouvoir travailler chez elle, je lui ai dit que j'étais hutu. Je l'ai entendue dénoncer les Tutsi qu'elle connaissait. Vos maisons sont voisines, je suis venue te chercher. Ne me demande pas pourquoi.

La pluie s'abattait de toutes ses forces sur le pays comme pour le laver. Nous avons marché dans ces rues étonnamment vides, trempées. Partout, des portes ouvertes, des objets renversés, des draps lancés sur des corps inertes. À chaque angle de maison, la femme a caché les yeux de la gamine. J'aurais voulu qu'elle cache les miens. Nous avons marché longtemps en silence. Je ne savais pas où nous allions. Comme un flot continu de chiens errants, d'autres inconnus marchaient. Des gens aux paupières à demi fermées, des enfants de cinq ans au regard centenaire, des vieux à la peau flétrie, blessés. Avions-nous un but ? Je ne sais si quelqu'un y pensait vraiment. À la sortie de la ville, une longue route droite et grise descendait. Sur les côtés, des centaines d'objets abandonnés. Au loin, le clocher d'une église.

Dans les environs de l'aéroport, je crois, des tirs surprenaient le monde. De brefs éclairs rouges, tirés depuis le sol, tentaient d'atteindre les nuages. Sans succès. Si tu avais été là, tu aurais pu me dire ce que c'était. Des dizaines de gens, à présent, marchaient dans les deux directions, avec des matelas enroulés et des sacs vides.

L'église de brique présentait un trou béant sur le flanc le plus proche de nous. À l'intérieur, des bancs avaient été renversés et des objets cassés sur le sol. À l'approche de l'édifice posé au bord de la route, un attroupement de gens nous a attirées.

Ils étaient peut-être une cinquantaine, en pleurs, comme paniqués, sous un acacia aux branches démesurées. Je n'avais jamais vu autant de personnes crier en même temps. Certains faisaient des allers-retours entre l'église et la masse des gens regroupés.

En me faufilant entre eux, j'y ai vu l'horreur. Mes yeux comme mon ventre. Mon regard est resté braqué en direction de cette fosse immense, des corps gisaient, bâillonnés, disposés comme de vulgaires sacs, les mains accrochées dans le dos. Certains avaient la face tournée vers nous. Ils avaient été brisés. Coupés. Je n'ai pu défaire mon regard de l'un des hommes, la bouche ouverte, les dents de devant enfoncées dans la glaise rougeâtre.

J'avais honte de nous. Nous contemplions ces morts sans pouvoir nous échapper. De la foule émergeaient quelques voix. Des gens disaient que des tueurs escortés par la garde présidentielle avaient commis ce massacre. Ils étaient venus en bus et étaient repartis, leur travail accompli. Beaucoup de tueries semblables avaient eu lieu dans tout le pays.

Puis une agitation a traversé les personnes regroupées. Des gens ont crié :

— Les Interahamwe *! Les* Interahamwe *!*

Une colonne de voitures filait sur la route grise dans notre direction. Une femme qui regardait la colonne avancer sur l'asphalte trempé a lancé, heureuse :

— C'est le FPR, c'est le FPR !

Quand les voitures sont parvenues à sa hauteur, elle a été la première à être tuée.

En entendant les coups de feu, les gens attroupés se sont mis à courir dans toutes les directions. Il n'y avait rien d'autre que l'église et la route à perte de vue. Beaucoup se sont précipités à l'intérieur du bâtiment, comme s'ils couraient à la suite de ceux que nous venions de trouver morts, alignés. Des dizaines d'hommes sont sortis de leurs véhicules et ont profité de la confusion pour s'attaquer aux fuyards que nous étions. Certains brandissaient des machettes, d'autres des planches à clous et des armes à feu. Ils ont tiré, tiré et encore tiré en direction des gens qui s'écroulaient, tels des pantins, les mains contre le sol.

Comme un autre homme, je me suis allongée, le ventre contre terre, à côté de la fosse. J'ai essayé de fermer les yeux mais je n'y suis pas parvenue. Pourraient-ils croire que j'étais morte ? Entre les pulls colorés, les chemises bariolées et les maillots rayés qui s'affaissaient, j'ai aperçu la femme qui était venue me chercher quelques heures plus tôt. Elle courait en hurlant le prénom de sa fille perdue. Je ne connaissais même pas le sien. Elle courait sans but, entre les victimes et les miliciens. Elle est arrivée dans ma direction. J'ai profité du fait que les soldats se dirigeaient vers l'église pour l'attraper. Elle a hurlé. Je l'ai forcée à s'allonger puis j'ai passé mon bras sur sa nuque. J'ai serré aussi fort que j'ai pu.

Nous ne distinguions que le trou béant de l'église. À l'intérieur, les hommes dépareillés tenaient en joue toutes les personnes rassemblées. Ils ont demandé aux Hutu de sortir de l'église. Personne n'a bougé. Personne n'est sorti. À quoi bon ? Est-ce que tout le monde était tutsi ?

Des gens pleuraient.

J'ai senti mon cœur battre.

Ils ont aligné leurs prisonniers.

La mère a été prise de hoquets.

J'ai pensé à Joseph.

Ils ont placé quelques femmes sur le côté.

— Il faut que j'y aille, a dit la mère.

Ils ont déchiré la robe d'une femme.

J'ai glissé mon autre main sous elle.

Ils ont frappé un homme à la tête.

Il ne fallait pas qu'elle bouge.

L'homme est tombé à terre. Pourquoi lui ?

La mère a porté ma main contre sa bouche.

Un officier a donné ordre aux soldats de se figer.

— Il faut que j'y aille, a dit la femme.

L'officier a traversé la foule de ces gens transis de peur.

La femme s'est mise à pleurer contre ma main.

L'officier est sorti de l'église en tenant la gamine par le bras.

— Il faut que j'y aille, a dit la femme, et tout son corps s'est mis à trembler de rage.

Je n'avais pas vu que la gamine était magnifique.

Ils l'ont poussée en dehors de l'église.

La femme n'était plus que chagrin.

Quelques-uns des soldats se sont immobilisés à l'entrée de l'église, leurs armes toujours pointées.

La femme aussi était magnifique.

Un vieil homme a tenté de s'enfuir.

J'ai sorti la gousse de vanille de la poche de mon vêtement.

Trois soldats se sont approchés de la gamine.

J'ai posé la gousse sous nos narines.

L'un d'entre eux l'a prise par le bras.

J'étais si proche de la mère que nos corps, puis nos larmes, se sont mêlés.

Un coup de feu a retenti dans l'église, le vieil homme s'est affaissé.

Le front de la mère était collé contre la boue. Moi je ne tenais plus.

Les trois soldats sont revenus à la gamine.

Qu'avions-nous fait ?

L'un d'entre eux a levé sa machette.

La femme a dégagé mon étreinte. Elle ne pesait rien contre celle d'une mère.

J'ai pensé à Joseph. Je me suis vue tourner sur moi-même à une allure folle, le petit dans les bras, avec cette impression que nous allions nous décrocher du monde qui nous entourait.

Le soldat a souri avec dégoût.

La mère s'est ruée vers eux.

Ils n'ont même pas levé les yeux.

J'ai voulu la retenir, mais c'est de la terre que mes ongles ont attrapé.

Le poing du soldat s'est abattu contre le visage de la gamine.

La mère est tombée à genoux quand l'enfant a ployé sous le choc.

Je n'ai pas réussi à me relever.

Sans même crier, la mère a tendu les bras.

J'ai eu honte de moi.

Elle s'est relevée en direction de la fillette.

J'ai eu honte de nous.

Elle s'est approchée d'elle et les soldats ont ri.

À Kigali, pourquoi ne m'ont-ils pas tuée ?

Ils ont dit quelque chose d'incompréhensible.

J'aurais voulu ne rien voir.

Le même soldat a levé le bras contre la mère.

De ma vie, je n'ai jamais autant souhaité crier.

Peut-être qu'elle a été soulagée.

Je ne connaissais même pas son nom.

Aujourd'hui que j'écris ces lignes, je me dis, peut-être, enfin, que tu vas venir. Me tendre la main et me laisser dormir. Plonger mon visage au creux de ton bras et rêver. Je ne rêve que de rêver au creux de tes bras. Petite, je voulais une vie extraordinaire. Aujourd'hui, je veux seulement une vie.

Ils les ont abattus, un par un. Méticuleusement, comme on achève un travail. Et ils les ont laissés, au milieu de l'église. Pourquoi ne m'ont-ils pas vue ? Je n'en sais rien. L'homme à côté duquel je me suis couchée est resté le regard fixé sur l'église, des heures durant. J'ai fait comme lui. J'ai pensé demeurer là. C'eût peut-être été mieux.

Lorsque la nuit est tombée, une poignée de survivants se sont dirigés lentement vers la colline qui nous surplombait. Je les ai suivis.

À quoi rêves-tu ? Toi aussi, ils te forcent à courir ? J'ai pensé au miroir ce matin et je me suis dit que nous avions changé. Notre image sera différente désormais. Même moi j'ai changé. Je sais que la couleur de mes ongles, que les haillons que je porte, trempés d'eau sale et de boue, m'auraient répugné. Vois ce que nous sommes devenus. Des êtres humains aux réflexes d'animaux, cachés entre les pentes mousseuses de nos collines et les arbres trempés par nos averses. Des êtres humains, étrangers les uns aux autres, abreuvés aux mêmes marais brumeux, tapis dans l'eau pisseuse. Des êtres humains après lesquels courent des gens inconnus, gavés de haine et de vin, convaincus que notre engeance est honnie mais que la révolution est en cours, soutenus par les femmes qui pillent nos maisons abandonnées, nos parcelles confisquées, nos chambres pleines de caresses et d'enfants. Est-ce là le pays que nous aimions ?

J'essaie de penser à la vie d'avant. Jamais, sans cette haine montante, je ne me serais intéressée à autre chose qu'à nous, à la vanille, aux livres et aux collines. Jamais je n'aurais tenté de comprendre ce qui anime les autres. Seuls les averses brusques et les nuages gris méritaient d'être regardés.

Pourtant Daniel, je te le promets, je ne cesse de courir.

Rose

11

À la sortie d'Hanika, la jeep fut rejointe par un camion blindé de l'ONU qui faisait route vers la capitale. Les soldats qui l'occupaient, deux Bangladais et un officier ghanéen, affirmèrent à Sacha et à Benjamin que les accompagner ne constituait pas à proprement parler une escorte, puisque les véhicules de l'ONU eux-mêmes étaient susceptibles de faire l'objet de fouilles, d'interrogatoires, voire de menaces, de mises en joue. Ils s'en contentèrent.

La radio resta en permanence allumée. En alternance, ils parvinrent à capter les ondes de RFI et de la BBC. Les casques bleus évoquèrent le traumatisme qu'avait provoqué l'assassinat de sang-froid de dix de leurs collègues chargés de la protection du Premier ministre et de la prise en otages d'une quinzaine de soldats belges, le soir de l'attentat, sur la base de Kanombe, par les FAR. Le contingent belge de la Minuar venait d'ailleurs d'être drastiquement réduit, tandis que le mandat confié aux soldats de l'ONU n'avait pas été révisé, malgré le bouleversement de la situation. Les casques bleus devaient, en temps de guerre, se contenter de règles d'engagement définies pour le temps du maintien de la paix : elles préconisaient de ne pas s'interposer.

À quelques kilomètres de la capitale, l'officier leur proposa d'installer les deux jeunes filles dans le véhicule blindé de l'ONU. Sacha et Daniel restèrent dans la jeep aux couleurs de la Croix-Rouge, accompagnés de Benjamin, qui se résigna à abandonner à d'autres mains les deux enfants. Ils circulaient sous forme de convoi. Ils pénétrèrent dans Kigali par le nord-ouest, franchirent deux barrages distincts sans encombre.

Le convoi s'arrêta sur le bas-côté d'une route presque déserte. La ville avait été placée sous couvre-feu. Ils purent stationner quelques instants. Les fillettes devaient être prises en charge rapidement. La plus âgée des deux oscillait entre un état de somnolence s'accompagnant de gémissements et des phases éveillées, mutiques, au cours desquelles la terreur se lisait dans ses yeux. La plus petite lui caressait le visage. Elle n'avait cessé de lui tenir la main, de la réconforter, de chuchoter à son oreille des mots inaudibles. Benjamin pressa le reste du groupe pour qu'elles puissent être emmenées vers le dispensaire de la Croix-Rouge au plus vite. Les soldats allaient leur ouvrir la voie.

— Si nous prenons la direction du dispensaire de la Croix-Rouge, nous devrions passer non loin de l'ambassade de France, dit Daniel en s'adressant à

Sacha. Arrêtez-moi à proximité et attendez-moi. Si je ne suis pas sorti au bout de dix minutes, foncez au centre de soins, gardez la voiture avec vous et occupez-vous des gamines. Je vous y rejoindrai, d'une manière ou d'une autre. Je dois retrouver Rose.

— Votre épouse travaille à l'ambassade de France ? interrogea l'officier.

— Oui. Sa mère et elle.

— Pardon de vous le demander, mais votre épouse est-elle française ou rwandaise ?

— Elle est rwandaise. Tutsi.

L'officier parut ennuyé.

— L'ambassade de France a été complètement évacuée, lâcha-t-il.

— Comment pourrais-je savoir si ma femme et mon fils ont été évacués eux aussi ?

— Je regrette d'avoir à vous le dire, mais, d'après nos informations, le personnel tutsi de l'ambassade de France n'a pas été évacué. À l'heure qu'il est, vous ne trouverez plus personne, l'ambassade doit être gardée par l'armée. Tout cela me semble plus que compromis, voire extrêmement dangereux.

— Je connais une entrée qui ne sera pas surveillée, notre maison est accolée à la résidence de l'ambassadeur. Déposez-moi au passage et attendez-moi. Je récupère ma femme et mon fils et nous prenons la route, comme convenu.

— Daniel, si ces messieurs sont d'accord, on fait comme vous voulez. Mais nous ne sommes pas certains de vous suivre jusqu'à Kagame. Au point où nous en sommes, c'est depuis Kigali que nous devons travailler. Qu'en dis-tu, Benjamin ?

Le photographe acquiesça. Il ne pensait qu'aux gamines.

— Mais je serais ravie de pouvoir rencontrer Rose, reprit Sacha.

Daniel lui sourit.

— Je serais ravi de vous la présenter.

Le commandant indiqua aux journalistes que le plus sage, pour eux, serait de passer la nuit à l'hôtel Méridien, hors de la zone de contrôle des FAR. Le quartier général des Nations unies se trouvait à proximité et, même si des dizaines, voire des centaines de personnes s'y étaient réfugiées, ils pourraient y retrouver quelques confrères, plusieurs chambres leur avaient été réservées.

Ils conduisirent de longues minutes, puis Daniel fit des appels de phares au camion de l'ONU qui les précédait. Le convoi freina.

— C'est ici. Benjamin, à vous de prendre le volant.

— Comment réussirons-nous à vous retrouver si vous ne revenez pas à temps ? demanda Sacha.

— Je vous rejoindrai au dispensaire.

— Avec votre femme et votre fils ? Vous n'y pensez pas, c'est trop dangereux !

— Chaque chose en son temps. Sacha, faites-moi une promesse.

Elle hocha la tête. Elle eut envie de se fier aux décisions de cet homme, de se convaincre de leur bien-fondé, elle ne se sentait pas en mesure de poursuivre selon son propre jugement.

— Si je ne suis pas revenu à temps, n'attendez pas une minute de plus. Ces deux petites ont suffisamment patienté.

— D'accord, promit Sacha, en regardant sa montre. Mais à votre tour de vous engager.

— Je vous écoute.

— Ne faites pas l'idiot. Vous savez mieux que moi ce qui vous attend si vous vous égarez avec votre femme et votre enfant. Récupérez-les et rejoignez-nous.

Daniel ne répondit pas. Il lança un regard las aux journalistes ; il était finalement arrivé à destination. Puis il posa la main sur la porte du véhicule. Sacha l'arrêta.

— Daniel ? Vous ne m'avez pas répondu. Vous les récupérez et vous nous rejoignez, nous sommes bien d'accord ?

— Nous sommes d'accord.

Il ouvrit la portière de la jeep, s'extirpa sans bruit, tête baissée, en courant. Il ne se retourna pas. Benjamin prit sa place sans sortir. Daniel se faufila dans une ruelle étroite, mal éclairée. En quelques secondes, il disparut.

— Dix minutes, dit Sacha.

— Dix minutes, répéta Benjamin.

***

Daniel courait. De toute sa vie, il n'avait jamais couru aussi vite. Le sang battait contre ses tempes. Il allait les trouver chez eux, bien en sécurité à la maison. Ils auraient peur, ils seraient terrifiés. Rose serait choquée de l'attitude des Français, qui n'avaient pas exfiltré le personnel tutsi de l'ambassade. Elle le giflerait d'être arrivé si tard, de ne pas avoir été là. Mais elle le serrerait dans ses bras. Joseph crierait de joie de le revoir. Il le porterait contre lui, l'embrasserait sans fin, le couvrirait d'amour. Peut-être n'avaient-ils pas mangé depuis plusieurs jours.

Les lieux étaient étonnamment calmes. Il regarda autour de lui. Rien, pas un bruit.

Le souffle court, il tendit la main vers la poignée de la porte. Elle était entrouverte. À l'intérieur, il faisait sombre.

— Rose ? Joseph ?

Il n'obtint aucune réponse, aucun bruit. Au sol, des linges sales, des traces de pas. Il se baissa. Étaient-ce des traces de lutte ? Des traces de sang ? Plus fort :

— Rose ? Joseph ? C'est moi.

Il parcourut les trois petites pièces de la maison. Elles étaient vides.

Daniel poussa la porte qui donnait sur ce que les parents de Rose appelaient leur « parcelle ». Un lopin autrefois recouvert de pelouse, de fleurs, de vanille. Depuis quelques années, en réalité depuis que le père de Rose s'était mis à cuisiner, il avait été transformé en potager, entretenu avec soin par sa mère. Seule la vanille était restée, donnant au lieu un parfum si particulier lorsqu'elle était préparée.

Le jardin avait été dévasté. La terre retournée. Des résidus de légumes étaient éparpillés sur le sol. Il ignora la scène, ne s'arrêta pas, courut en direction de la résidence.

Aucune fenêtre du bâtiment n'était allumée. Daniel n'avait jamais vu ce si grand parc, généralement éclairé par d'élégants lampadaires, au milieu duquel trônait la bâtisse de pierre et de brique, plongé dans la pénombre. Le brillant de la lune donnait à la pelouse une teinte particulière, irréelle. Il distingua la partie du gazon qui avait été brûlée. Il constata que les portes de la maison étaient ouvertes. Des résidus de papiers tournoyaient. L'ambassade avait été saccagée.

***

— Trois minutes, fit Benjamin.

Face à eux, les phares d'une voiture percèrent deux trous dans l'obscurité. Le camion de l'ONU barrait sensiblement leur champ de vision. Le pick-up parvint à la hauteur des casques bleus, les dépassa. Il roulait au pas. C'était un véhicule lourd mais puissant ; seul le frottement des pneus sur l'asphalte troublait le silence de cette soirée de printemps. La partie arrière du pick-up, ouverte, transportait des hommes debout, l'arme au poing. Des machettes, des fusils-mitrailleurs. Ils baissèrent la tête afin d'inspecter le véhicule qui arborait le drapeau de la Croix-Rouge. Le pick-up frôla la voiture de Sacha et Benjamin, qui firent mine de ne pas regarder dans sa direction. Benjamin serrait le volant entre ses mains. Une fois les miliciens passés, ils se dévisagèrent. Ils avaient eu peur. Ils se sourirent. La pression retomba. Puis ils entendirent les pneus du véhicule crisser. Le pick-up faisait marche arrière, les hommes armés revenaient vers eux, bien plus vite qu'ils ne les avaient dépassés.

***

Daniel n'était jamais allé plus loin que les cuisines de la résidence, il ne connaissait pas le bâtiment de l'intérieur. Il n'eut pas besoin d'inspecter toute l'ambassade : les lieux étaient complètement vides. Évacués et pillés. Des restes de nourriture souillaient les élégantes dalles de céramique et le parquet. Les vandales avaient dû s'en donner à cœur joie. Les bureaux avaient été renversés, les ordinateurs étaient brisés, les meubles abandonnés, éventrés. Rose et Joseph n'étaient pas chez eux. Le désespoir l'envahit.

Il se remit à courir, cette fois en direction de Sacha et Benjamin.

***

Les hommes armés descendirent du véhicule. Certains se dirigèrent directement vers le véhicule de l'ONU. L'un d'entre eux, un fusil à la main, s'adressa à Benjamin :

— Qu'est-ce que vous transportez dans cette voiture ?

— Nous ne transportons rien, c'est un véhicule de la Croix-Rouge.

Le milicien prit un air dubitatif.

— Vous allez où, exactement ?

— À l'hôpital de la Croix-Rouge.

— Vous savez que c'est le couvre-feu ?

— Les urgences humanitaires ne connaissent pas de couvre-feu.

Benjamin s'était tourné vers lui.

— Vous parlez d'urgence alors que vous êtes stationné.

Benjamin tentait d'en dire le moins possible. Il craignait que Daniel ne surgisse devant ces hommes. Il fallait impérativement que cet interrogatoire s'achève.

— Il était stationné parce que nous avions besoin de faire le point sur la route, intervint Sacha. À présent, nous allons partir et…

— Non, vous ne pouvez pas inspecter ce véhicule !

L'officier de l'ONU venait de crier. Des miliciens essayaient de fracturer les portes arrière du camion. D'autres frappaient de toutes leurs forces contre la carlingue. Le casque bleu ouvrit sa portière d'un coup sec, repoussant le type armé qui s'était placé à la fenêtre, qui manqua de tomber.

— Il n'y a rien qui vous concerne dans ce camion, laissez-nous passer ! intima l'officier aux miliciens, dont les coups répétés sur le véhicule blindé ne cessaient pas.

Il tenta de les repousser, mais, affolées par le vacarme, les deux jeunes filles prirent peur ; on les entendit pleurer. Les hommes étaient en transe, au paroxysme de l'ivresse. Consumés par leur propre flamme. La situation était en passe d'échapper à tout contrôle. Le convoi allait être anéanti, frêle embarcation sur le point de chavirer. En une fraction de seconde, parce que deux enfants qui avaient déjà tout perdu s'étaient mises à pleurer. L'officier des Nations unies, l'espace d'un instant, fut pénétré par ces pleurs. Des larmes de tristesse, des larmes d'épuisement, sans cris, sans hurlements. Des larmes d'enfants. Il était un soldat, et ces pleurs l'accablèrent. Il était un père, et il ressentit le besoin d'étreindre ses propres enfants. À quoi bon persévérer lorsque le mandat qui vous a été confié, noble sur le papier, a été vidé de toute efficience ? Sa vue se brouilla. Un vertige le surprit. Il dut s'appuyer à la carlingue du véhicule blindé.

L'un des miliciens s'approcha. Il le frôlait presque, hurla :

— Vous transportez des Tutsi dans votre camion ! Vous transportez des Tutsi dans votre camion !

Puis il se tourna vers les hommes armés positionnés devant la jeep de Benjamin.

— Il y a des Tutsi dans le camion !

Le casque bleu reprit ses esprits.

— Ce sont des réfugiés et c'est un véhicule des Nations unies. Laissez-nous circuler ! ordonna-t-il.

Les miliciens se tenaient devant les casques bleus. Certains criaient, d'autres riaient, ils brandissaient leurs armes vers le ciel. Des tessons de bouteille voltigeaient, ils se préparaient à un festin. Benjamin et Sacha étaient tétanisés. Les trois casques bleus tenaient à eux seuls en joue une quinzaine de miliciens armés auxquels ils ordonnèrent à nouveau de reculer.

Un milicien parvint à se glisser entre les soldats et le blindé. L'officier ghanéen tenta de le repousser, donna un coup d'épaule puissant, mais l'homme s'agrippa à l'une des portes du véhicule. Le mécanisme d'ouverture s'enclencha, découvrant les deux enfants aux yeux de la horde. Les fillettes se réfugièrent près de la cabine, au fond du camion. Les hommes s'approchèrent en scandant des slogans que Benjamin et Sacha ne comprirent pas.

— C'est de notre faute, c'est nous qui les avons mis dans cette situation, dit Benjamin à Sacha. Il faut y aller, leur dire que nous sommes journalistes. Juste leur dire quelque chose.

Il posa la main sur la poignée de la portière. Sacha le retint.

Les hommes s'étaient rapprochés du camion. L'officier ghanéen brandit son arme. Il tira une balle de sommation. Les miliciens s'immobilisèrent. Une fraction de seconde. Seulement une fraction de seconde. L'officier tira une deuxième fois, dans les pieds du milicien le plus proche. Ils se figèrent de nouveau mais ne cédaient pas de terrain. Benjamin ouvrit la portière de la jeep ; quelques miliciens se retournèrent. Il n'eut pas le temps de descendre de voiture qu'une explosion se fit entendre, un éclair perça le ciel. Un obus de mortier venait de s'abattre à quelques dizaines de mètres. Les fillettes hurlèrent. Benjamin rabattit sa portière et se réfugia à l'intérieur du véhicule. Les soldats comme les *Interahamwe* se protégèrent de leurs bras. D'autres obus vinrent s'écraser dans les environs ; les miliciens se dispersèrent, affolés, dépourvus de discipline comme de sang-froid. Quelques-uns sautèrent dans leur véhicule, d'autres coururent s'abriter du mieux qu'ils le purent. En un instant, le ciel fut rouge. L'officier des Nations unies profita de ces secondes d'affolement pour rabattre les portes du camion. Il ordonna aux casques bleus de regagner la cabine en maintenant leurs armes pointées sur les *Interahamwe*. L'officier prit le volant, le convoi s'ébranla.

Le piège ne s'était pas refermé sur eux.

Ils roulèrent quelques centaines de mètres à vive allure ; le drapeau de la Croix-Rouge flottait, le camion de l'ONU fonçait devant eux à travers la ville.

***

Daniel se plaqua du mieux qu'il put contre le mur à côté duquel il avait assisté à toute la scène, depuis que le pick-up des *Interahamwe* avait fait marche arrière vers sa jeep. Incapable du moindre geste. Quand les obus de mortier s'étaient abattus, il avait reculé dans une ruelle pour que les rayons lumineux ne trahissent pas sa présence. Les miliciens s'étaient dispersés, puis il avait reconnu l'homme qui les commandait. Laurent Gasana leur avait ordonné de remonter dans le véhicule. Ils partaient à la recherche des tireurs, qui avaient probablement visé la caserne des FAR à proximité. Les miliciens avaient oublié Sacha, Benjamin, les soldats et les gamines.

Il attendit que les tirs cessent, que la rue soit à nouveau calme.

Il ne savait pas où étaient Rose et Joseph.

Il était seul.

***

Un autre véhicule blindé de l'ONU retrouva le convoi sur la route du dispensaire de la Croix-Rouge. Les hommes alertés par radio n'avaient pas eu le temps de les rejoindre sur les lieux de l'accrochage. Les camions s'arrêtèrent quelques instants plus tard devant une école transformée en hôpital de campagne par la Croix-Rouge, dont la délégation se situait à proximité. Les casques bleus mirent pied à terre, l'arme au poing. L'officier ouvrit les portes arrière du véhicule, il ordonna à un soldat d'emmener les jeunes filles à l'intérieur ; il fut rejoint par Benjamin, qui souleva la gamine dont les blessures étaient les plus profondes. Elle avait perdu connaissance.

Médecins et infirmiers s'activaient dans ce lieu où la vie et la mort, parfois le miracle, se disputaient l'espace. Des dizaines de personnes occupaient chacune des pièces. Des enfants, des femmes enceintes, des gens sans âge. Des bébés. Leurs blessures dépassaient l'entendement. Lourd, le silence des cœurs qui battent, le bas bruit des pompes à oxygène et des moniteurs de suivi, des pleurs fatigués, des séparations.

Un homme en blouse vint à leur rencontre, il leur tendit la main. Malgré un épuisement flagrant, ses yeux conservaient un éclat malicieux, peut-être légèrement ironique.

— Bonsoir. Je suis Hervé.

— Bonsoir. Sacha Alona, correspondante du *Temps*.

— Benjamin Thomas, photographe.

— Imran, dit le soldat bangladais, désignant son casque du doigt.

— On dirait que le métier de journaliste a quelque peu évolué, remarqua le médecin, un sourire aux lèvres.

Ils se regardèrent, lui rendirent son pauvre sourire.

— Mes collègues de Butare m'ont averti qu'ils avaient maquillé une jeep. Je ne m'attendais simplement pas à ce que vous débarquiez avec des blessés et que vous soyez escortés par l'ONU, dit-il en jetant un coup d'œil aux véhicules blindés et aux soldats stationnés à l'extérieur.

— Disons que les choses ont quelque peu évolué, fit Sacha.

— Nous ne refusons jamais les renforts.

En moyenne, l'hôpital de campagne recevait une centaine de blessés par jour. Une partie de son personnel avait été évacuée, mais l'équipe restante essayait de faire avec les moyens du bord, traitant les personnes qui venaient jusqu'au centre en fonction de l'urgence des blessures.

Les journalistes ne devaient pas s'attarder : la présence des casques bleus devant l'hôpital, les fusils chargés constituaient autant de signaux négatifs, il était préférable de ne pas attirer l'attention. S'ils le souhaitaient, le médecin rejoindrait Sacha et Benjamin au Méridien quelques heures plus tard. Il leur conseilla de se déplacer exclusivement sous escorte.

Hervé, de son côté, circulait seul, sans trop de difficultés ; ses trajets variaient peu, son visage était désormais connu de bon nombre de militaires, casques bleus, miliciens. Il avait appelé le siège de la Croix-Rouge à Genève après que des hommes armés eurent, quelques jours auparavant, achevé des blessés transportés dans l'une des ambulances de l'organisation. Une avalanche de condamnations s'était abattue sur le gouvernement provisoire, qui avait présenté des excuses officielles. Les dirigeants du Rwanda assistaient aux tueries, certains les avaient orchestrées, mais la contestation internationale leur était insupportable. À l'intérieur, on éradiquait, on « coupait » ses semblables comme des roseaux, le champ lexical de l'agriculture se voyait étendu aux êtres humains. En revanche, afin de sauver les apparences, de maintenir un semblant de normalité, on respectait les usages diplomatiques, on laisserait désormais le champ libre à la Croix-Rouge pour tenter de soigner ceux qui en réchappaient. Ils étaient si peu nombreux.

Le casque bleu leur fit un signe de tête. Il était temps de lever le camp. Ils saluèrent le médecin puis rejoignirent le convoi à l'extérieur après que Benjamin eut déposé une caresse sur la joue des deux jeunes filles.

***

Rose pouvait être partout. Elle pouvait s'être évaporée. Au milieu de réfugiés, au milieu des centaines de personnes qui avaient fait le siège de l'aéroport dans l'espoir d'être évacuées. Parmi les milliers de ceux qui se terraient dans les églises, les écoles, les marais. Il n'osa penser au pire.

Il était devenu trop dangereux de se déplacer dans la soirée. Il remonta vers leur maison, à côté de l'ambassade. Il espérait pouvoir s'y reposer avant de partir à leur recherche aux petites heures du matin, lorsque les miliciens seraient trop ivres pour occuper les rues et que les patrouilles de soldats se raréfieraient.

À l'entrée de la maison, il saisit son canif. Daniel grava le dessin d'une fleur dans la pierre.

***

L'hôtel bruissait d'une vie insolite. Les bouquets de fleurs fraîchement coupées disposés dans le hall et le personnel en tenue lui donnaient les allures d'un établissement classique, respectable, hors sol, éloigné du tumulte de la ville, tandis que des pièces entières, des salons, des salles à manger, des couloirs, étaient occupés par des réfugiés. Les mêmes scènes, les mêmes regards implorants qu'à travers le reste du pays. Des cohortes de familles dont on ignorait ce qu'elles avaient fait la veille, si elles avaient tenu une machette ou si elles en avaient été victimes, attendaient là. Que la vague passe ou qu'une plus grosse vienne les emporter.

Sans que l'on sache précisément par qui, toutes les chambres étaient occupées. Sacha retrouva une consœur parisienne qui lui proposa de se joindre à elle au rez-de-chaussée, dans une chambre mitoyenne de celle attribuée à une équipe anglaise. Benjamin gagna le premier étage ; un photographe de l'AFP lui offrit de partager sa chambre. Celui-ci disposait d'un groupe électrogène placé sur son balcon ; il avait pu faire le plein dans la journée, la Croix-Rouge lui avait offert l'essence.

Des clichés pris à Kigali tapissaient les murs de sa chambre d'hôtel, quelques autres recouvraient des carrés de moquette au sol. Il avait saisi les impressions auxquelles Benjamin refusait de s'habituer, les visages, les hommes en armes, les foules rassemblées autour de postes de radio aux barrages, les blessés. L'évacuation des Occidentaux, aussi. Posées sur la table de cette chambre d'hôtel, les images saisies à l'ambassade de France puis à l'aéroport de Kigali, d'où s'étaient envolés les ressortissants français. Des parents apeurés, des enfants couverts de vêtements criards, dépareillés. Des vies entières rassemblées dans l'urgence, des valises qui débordaient.

Une des épreuves attira l'attention de Benjamin. Le photographe lui confirma que la photo avait bien été prise dans l'enceinte de l'ambassade de France. On y voyait une jeune femme noire, à côté de laquelle se tenait un petit garçon âgé de trois ou quatre ans. Il avait enfoui sa tête dans le pantalon de celle qui devait être sa mère, comme le font les enfants accablés par la fatigue ou la timidité. La femme se tenait face à un soldat français, elle lui tendait un carnet.

— Tu permets que je t'emprunte celle-ci ?

Le photographe jeta un œil à la photo.

— Pas de problème. Toutes celles que tu vois sur la table ou sur le mur ont déjà été envoyées à Paris. Celles qui sont sur la moquette doivent encore être triées.

— Tu te souviens du moment où tu as pris cette photo ?

Le photographe réfléchit, tenta de se remémorer.

— C'était confus, comme séquence. Des gens allaient et venaient de toutes parts, des véhicules entraient et sortaient de la résidence, ils emmenaient des expatriés vers l'aéroport. Je me souviens juste qu'à un moment les journalistes ont été priés d'accompagner un convoi de ressortissants vers l'aéroport, et j'ai vu cette femme avec son gamin. Elle était très belle. Elle se tenait droite, elle avait un maintien, un port de tête particulier. Elle discutait avec un soldat. Et puis on est partis. Par la suite, on a compris qu'en plus de couvrir le départ vers l'aéroport, l'ambassade allait procéder à la destruction de documents ; ça les arrangeait bien qu'on s'en aille.

Benjamin glissa le cliché dans sa poche. Le photographe aida Benjamin à développer dans sa salle de bains transformée en chambre noire les images prises au cours des jours précédents, depuis leur arrivée à Kigali jusqu'à l'hôpital de la Croix-Rouge, en passant par Butare et les villes qu'ils avaient traversées.

— On aura bientôt un transmetteur Dixel couleur, dit le photographe. La technique est en train de les tester, à Paris. En attendant, il faut encore se contenter du noir et blanc.

Ils positionnèrent le film sous le capot jaune de l'appareil, actionnèrent le modem Motorola et firent transmettre à Paris les premières images prises en dehors de Kigali. L'opération durerait de longues heures, ils se relaieraient devant l'appareil.

Benjamin fit une pause, descendit au rez-de-chaussée. Il frappa à la porte de la chambre de Sacha. C'est elle qui lui ouvrit ; elle l'invita à se joindre à elle et aux journalistes rassemblés pour dîner. Benjamin entra, salua trois confrères français assis sur les lits ou à même le sol. Il attrapa Sacha par le bras, sortit le cliché emprunté au photographe de l'AFP.

— Regarde, lui dit-il. Elle a été prise à l'ambassade de France, au moment de l'évacuation des ressortissants. À qui est-ce que ça te fait penser ?

Elle examina la photo.

— Serait-ce… Rose ?

— En tout cas, elle correspond à la description qu'en faisait Daniel.

— Il faut absolument qu'on retrouve Daniel, finit-elle par dire, pensive. On doit lui montrer cette photo.

Le son d'une bouteille que l'on ouvre les tira de leur aparté. L'un des journalistes tenait entre ses mains une bouteille de châteauneuf-du-pape, un Château Rayas de 1990.

— On boit un verre ?

— Où avez-vous trouvé une bouteille pareille ? demanda Benjamin.

— Je ne suis pas certain de vouloir révéler mes réserves secrètes, répondit le journaliste. C'est qu'il n'y en a pas beaucoup.

Sacha et Benjamin prirent place. Il était plus de une heure du matin, la fatigue les assommait mais l'envie de partager ce moment se fit plus forte. On frappa à la porte. La voisine de chambre de Sacha se leva, elle invita une dame vêtue d'un tablier qui poussait un chariot sur roulettes à entrer. Elle leur présenta Constance, grâce à qui ils pouvaient dîner chaud tous les soirs depuis leur arrivée. La cuisinière fut accueillie par des sourires chaleureux. Les journalistes lui proposèrent de boire un verre de vin, elle refusa poliment. Elle laissa le chariot dans le couloir, s'effaça discrètement. Benjamin fit un aller-retour vers sa chambre pour convier le photographe de l'AFP. La journaliste remplit les assiettes des uns et des autres : du bœuf sauté, une sauce au poivre, du riz, des haricots verts. Ce repas leur procura une sensation de bien-être oublié. Les réchauffa. Ils ne s'attendaient ni à dîner de la sorte ni à partager un tel moment avec ces confrères qui les accueillaient si simplement. Ils évoquèrent la manière dont ils avaient été dépêchés à Kigali, les conditions dans lesquelles ils travaillaient, la façon qu'avaient les rédactions en France d'orienter les sujets, parfois de reprendre leurs dépêches, leurs papiers. Ils soulignèrent les manœuvres d'intimidation, des miliciens aux barrages comme des soldats du FPR, les grenades agitées comme des pommes sous leur nez, les hommes avinés, la difficulté de circuler, les moments d'épuisement. Ils parlèrent de leurs proches, de leurs inquiétudes, de leurs enfants, quand ils en avaient. Sacha et Benjamin déroulèrent une nouvelle fois le fil de leur arrivée au Rwanda, le matin même de l'attentat. L'Afrique du Sud, *Kangura*, les docks. Les machettes. Ils évoquèrent le fait que, à l'exception de quelques dizaines de membres du CICR restés sur place, les expatriés occidentaux avaient tous quitté le Rwanda. Ils ouvrirent une deuxième bouteille de vin.

— Bon… Je vais vous révéler mon secret, lança le journaliste. La cave de l'hôtel est pleine d'excellents vins. Et comme personne n'achète rien à part nous, surtout depuis que la plupart des correspondants ont quitté Kigali avec les ressortissants évacués, la direction nous les vend à un prix dérisoire. Voilà, si vous avez envie un soir de beaucoup boire pour oublier ce que vous aurez vu dans la journée, au moins vous pourrez le faire avec des grands crus !

Ils trinquèrent et mangèrent de bon cœur.

— Toi, qu'est-ce que tu as envie d'oublier ? demanda Sacha au journaliste.

Il soupira. Porta la fourchette à sa bouche. Il but une gorgée de vin, se leva.

— Ce n'est pas grave, tu n'es pas obligé de répondre, reprit Sacha, qui craignait de l'avoir mis dans une situation embarrassante.

— Je vais vous dire ce que j'aimerais bien oublier. Au fond, c'est juste que ce n'est pas facile à raconter. Lorsqu'on a été envoyés à l'aéroport pour filmer le départ des Français, on est montés dans des véhicules de l'armée. C'était la panique. Des gens pleuraient, c'était très tendu, mal organisé. L'urgence, en somme. Et surtout c'était dangereux. Nous-mêmes, les journalistes, nous nous sommes retrouvés dans des situations qui auraient pu déraper. Sur la route, des gens tenaient des pancartes « Vive la France » et d'autres s'étaient rassemblés, ils applaudissaient les soldats sur leur passage, ils s'agitaient, nous adressaient des signes d'encouragement. Les rues étaient jonchées de cadavres mais les gens saluaient le convoi, personne n'avait pris la peine de recouvrir les corps. L'aéroport de Kigali était gardé par des casques bleus et des paras français. Les véhicules qui nous transportaient ont pu pénétrer directement sur le tarmac, le reste de la zone était grillagé. Une opération d'évacuation de ressortissants comme on en a déjà vu, vous me direz.

On est tous accoutumés à cette tension, à la colère des gens terrorisés, on a tous déjà perçu l'onde du danger. De la précipitation, peut-être. Mais, cette fois, c'était autre chose, parce que des centaines ou des milliers de personnes se tenaient devant les grilles du tarmac et essayaient d'entrer. Elles voulaient être sauvées. Elles voulaient juste être sauvées. Elles se pressaient contre les grilles, elles donnaient des à-coups, mais ça résistait bien, le grillage n'a pas cédé. Puis des hommes sont arrivés, des femmes aussi. Ils avaient des machettes et des bâtons. Ils se sont mis à frapper sur tout ce qui bougeait. À « couper », comme ils disent. C'était horrible. Je me suis tourné vers la piste. J'ai vu une jeep de soldats français qui regardaient dans leur direction. Au moment où l'arme s'est abattue sur une fillette, l'un d'entre eux a tourné la tête. Les autres ont continué d'observer, personne n'a réagi. *Idem* pour les casques bleus stationnés quelques mètres plus loin. Cette scène, c'était toute la laideur du monde.

Ils l'avaient écouté sans bouger. Le journaliste avait parlé calmement, seules ses paumes avaient mimé les mains agrippées au grillage.

— Je sais, ils ont des règles d'engagement strictes, ils ont ordre de ne pas intervenir, spécialement à proximité des Transall censés servir à l'évacuation des Français. Je sais surtout que personne ne peut dire ce qu'il aurait fait à leur place.

Il déglutit.

— Mais voilà, c'est ça que j'aimerais bien oublier.

On frappa à la porte. Constance apportait un plateau. Sacha la remercia, le posa sur l'un des lits, invita la gouvernante à entrer.

— Je vous ai préparé des coupelles de riz au lait avec de la vanille. Je voulais vous le dire parce que vous êtes français et que nous achetons notre vanille à la cuisinière de l'ambassadeur de France, elle en fait pousser.

— Il a fallu que vous arriviez pour qu'on nous serve des desserts, dit la voisine de chambre de Sacha. Veinards !

Sacha et Benjamin rattrapèrent Constance avant qu'elle ne disparaisse à nouveau dans le dédale des couloirs. Ils la questionnèrent quant à la provenance exacte des gousses : peut-être savait-elle où se trouvait la cheffe de l'ambassade, le reste de sa famille ? La gouvernante, à leur grand regret, ne put leur répondre. Ils regagnèrent la chambre. La première bouchée de riz au lait provoqua chez Sacha un sentiment de réconfort rare. Avant de quitter la pièce, rattrapé par la fatigue, Benjamin passa la main sur l'épaule du journaliste qui avait évoqué la scène de l'aéroport.

En rejoignant sa chambre, Sacha eut malgré tout le courage d'envoyer quelques lignes à la rédaction du *Temps*.

C'est avant avril 1994 que nous aurions dû poser les yeux sur le Rwanda.

La ville est une jungle. Se superposent deux niveaux qu'il est difficile de distinguer. Celui du conflit, d'abord. Les tirs s'enchaînent durant de longues heures, salves de mortiers, d'obus, rafales d'armes automatiques. Les collines donnent une résonance particulière au feu des hommes. L'oreille a du mal à s'habituer, à cerner l'origine des tirs. Les barrages tenus par les FAR d'un côté et le FPR de l'autre confèrent à la capitale une allure étrange, sans mouvements de troupes massifs, sans légions. Une guerre de tranchées, en somme.

Plus insidieux est le niveau infraconflictuel, celui du maillage épais, poisseux, dont il est quasiment impossible de s'extraire, tissé par un gouvernement aux abois qui a associé la population aux tueries en convainquant les habitants que c'est « eux ou vous ». Bien sûr, les corps jonchent les rues. Bien sûr, les exécutions sommaires, les incendies, les chasses à l'homme, les représailles sont visibles. De jour comme de nuit. Mais l'œil ne saisit pas immédiatement le caractère systématique. Il ne le saisit pas ou il refuse de le saisir. Et ce niveau est si difficilement perceptible, si étranger aux grilles de lecture, si inconcevable, qu'il n'est tout simplement pas conçu.

Un pays ne se déchaîne pas ainsi, en vingt-quatre heures. Des milliers de personnes ne se convertissent pas en une meute de tueurs du jour au lendemain. Les plus éminents partisans des accords d'Arusha, certains d'ailleurs sous protection, se sont fait assassiner en moins d'une journée. Enfin, la précipitation avec laquelle le gouvernement

provisoire a été installé évoque davantage un coup d'État qu'un sursaut démocratique face à une catastrophe annoncée.
Surtout, où était la guerre dans les villages que nous avons traversés ? Il n'y avait que des gens ordinaires, abattus en cohortes. Où étaient les lignes ennemies, les armes, l'équipement des Tutsi de l'intérieur, des campagnes ? Il n'y avait rien d'autre que des paysans sur leurs parcelles.
À première vue, la nature indolente et le soleil clément font apprécier Kigali. Le bâti n'y étouffe pas la population, la population n'engloutit pas les visiteurs. Jusqu'à cette soirée d'avril au cours de laquelle la relation de l'homme à l'homme est devenue animale. Bestiale. Les fuites, la chasse, les bandes, les plaintes étouffées. Au règne de la loi a succédé le règne de la nature, des impulsions sauvages.
La ville est en proie aux milices, encadrées par les forces gouvernementales. Les moyens en hommes, en armes et en logistique mobilisés par les FAR, la garde présidentielle et la gendarmerie pour mettre en œuvre les massacres sont au moins équivalents à ceux que l'on consacre à la lutte contre le FPR. Anéantir la population tutsi constitue une tâche aussi importante que vaincre les forces conduites par Paul Kagame. On consent à exposer le pays pour en détruire une des composantes. Le génocide, en sus de la guerre, avant la guerre, pendant la guerre. Là est toute la différence avec ce que

nous avions pu voir, nous autres journalistes, ailleurs, auparavant.
Notre convoi, une voiture grimée en jeep de la Croix-Rouge précédée d'un véhicule blindé de l'ONU, fait profil bas. À quoi peut-il bien servir de maintenir ici des casques bleus forts d'un mandat aussi efficace que s'il avait été signé par feu la Société des Nations ? À quoi peut-il bien servir d'employer des soldats venus du monde entier, des soldats qui ont fait le serment d'être des soldats et de ne pas modifier les règles de leur engagement si la situation le nécessite ? Si l'ONU avait la possibilité d'intervenir, de protéger sans avoir à s'en cacher, de mettre en joue les assassins qui tiennent les barrages érigés aux carrefours, le message qu'assassiner ne restera jamais impuni permettrait de circonscrire le drame qui se joue devant nous. Les tueurs qui se dressent aujourd'hui sur le chemin des hommes, des femmes et des enfants dont le seul crime est de posséder un acte de naissance sur lequel est marqué « tutsi » ont été abreuvés à la source de la haine, soit. Mais il a fallu du temps pour que s'installe en eux l'idée de tuer, de lever une machette et de l'abattre sur le flanc d'un autre.
Les miliciens qui quadrillent le pays affichent une morgue aberrante, ils jouissent d'une froide impunité. Les rues sont jonchées de cadavres et l'on peine à décrire des choses pareilles. Les écoles, les centres de santé, les bâtiments publics, les églises

sont atteints. À quel point faut-il avoir oublié que ces Tutsi sont des hommes ?
Entre les Hutu et les Tutsi, la déchirure est celle du quotidien, elle est intime. On dénonce ses voisins. On leur en veut, pour des disputes banales de récoltes, de bétail, de parcelles qui viennent s'ajouter au crime d'être tutsi, et le mobile n'en est que plus justifié. On les tue, parfois, par crainte d'être assassiné. On tue sa compagne ou son compagnon parce que son ethnie n'est pas la bonne. On glisse dans l'absurde. Nos mots de journalistes n'ont plus de sens mais il faut poursuivre, écrire, raconter, témoigner de ce à quoi nous assistons.

***

Deux jours pleins qui consistèrent en une succession de sorties encadrées par les casques bleus. Certains confrères s'étaient formés à l'art de faire démarrer les voitures abandonnées par les expatriés français sur le parking de l'Institut français, si bien que rares étaient les correspondants à ne pas trouver de véhicule à disposition. Pourtant, se faire escorter par des casques bleus était devenu la norme, les rencontres au quartier général de la Minuar rythmaient les journées, dispensaient leur lot d'informations vérifiées, provenant du terrain mais aussi du siège des Nations unies, à New York, qui tardait à prendre les décisions qui s'imposaient pour adapter le mandat des forces internationales basées au Rwanda.

Les hommes étaient si doués pour perdre du temps.

À chaque déplacement, Sacha et Benjamin, concentrés sur la route, scrutaient les visages des passants à la recherche de Daniel, dont ils n'avaient aucune nouvelle. Ils scrutaient le sol aussi pour examiner les visages de ceux qui ne se relèveraient plus et que des prisonniers, parfois des soldats, ramassaient désormais à l'engin lourd.

Accompagnés par Hervé, à qui il arrivait d'effectuer de courtes pauses à l'hôtel Méridien, Sacha et Benjamin avaient pu se déplacer à l'hôpital de campagne du CICR pour rendre visite aux deux jeunes filles. La plus âgée avait été soignée à temps. Aux dires du médecin, sa petite sœur veillait sur elle, elle ne s'endormait jamais tout à fait. Elles les accueillirent avec un sourire pâle ; leur existence avait pris une épaisseur nouvelle.

Hervé leur présenta les membres du CICR restés sur place ; ils purent discuter avec certains des blessés. Benjamin fit quelques photos. Ils promirent aux jeunes filles de revenir.

Les lignes téléphoniques de l'hôtel étaient coupées, pourtant Sacha réussit à joindre Bernard Witz à plusieurs reprises. Elle envoya quelques papiers, informatifs, factuels, qu'il publia. Lorsque le rédacteur en chef lui demanda si elle travaillait sur un texte différent, elle resta évasive. Elle écrivait dès qu'elle le pouvait, avait noirci des pages entières de notes, d'impressions glanées, sans savoir quelle direction prenaient les bribes d'article saisies sur sa Tandy.

Peut-être fallait-il attendre le retour à Paris pour que les mots décantent.

Tel un couperet, la résolution 912 du Conseil de sécurité s'abattit sur eux. Elle prévoyait la diminution drastique du nombre de casques bleus de la Minuar. De près de deux mille cinq cents hommes, la force onusienne passait à deux cent soixante-dix hommes, dont cent vingt civils, stationnés à Kigali. Le Nigeria avait demandé l'élargissement du dispositif, tandis que les États-Unis, depuis que la Belgique avait réduit son contingent, soutenaient sa restriction. La France avait également milité pour un allégement au Conseil de sécurité.

Sacha se rendit au quartier général des Nations unies afin de recueillir les commentaires du général Roméo Dallaire. Benjamin l'accompagna, ainsi que la journaliste dont Sacha partageait la chambre d'hôtel. Ils attendirent plusieurs heures ; le général ne put les recevoir, on leur demanda de revenir.

Ils firent route vers l'hôpital du CICR, pour s'entretenir avec Hervé de la manière dont les activités de la Croix-Rouge se poursuivraient après le départ des casques bleus. La nouvelle de cette réduction des effectifs de l'ONU avait mis la ville en ébullition. Tandis que les soldats empaquetaient, les miliciens paradaient. On faisait état de tireurs embusqués. Des hommes armés, plus nombreux qu'à l'ordinaire, se dressaient à chaque carrefour, à chaque intersection, devant chaque bâtiment officiel. Depuis que le gouvernement de transition avait quitté la capitale pour s'installer à Gitarama, Kigali était livré au bon plaisir des milices, elles-mêmes encadrées par des escadrons de militaires et de gendarmes, soutenues par les habitants partisans de l'anéantissement des Tutsi et des Hutu réfractaires à la politique génocidaire.

Le véhicule blindé qui les devançait s'arrêta sur le parking de l'école transformée en hôpital de campagne. L'officier qui les accompagnait, alors qu'ils sortaient de la jeep, les avertit : il ne savait pas combien de temps encore il lui serait possible d'assurer la sécurité des journalistes de cette façon. Compte tenu de la réduction des effectifs, il n'était même pas certain de pouvoir protéger leur quartier général.

— Ne tardez pas, les ordres changent constamment.

Il maintint la radio allumée.

Sacha et Benjamin se dirigèrent vers l'école. Des casques bleus y étaient postés. À peine furent-ils entrés qu'une main saisit le bras de Sacha. Benjamin se retourna.

Daniel. Il se tenait là, dans l'embrasure. Benjamin le serra contre lui. Il portait une chemise sombre, un pantalon gris. Ses chaussures étaient couvertes de poussière.

— Et Rose ? Et Joseph ?

Sacha avait presque crié, pleine d'espoir pour celui qui les avait accompagnés depuis leur arrivée au Rwanda. Ses épaules s'étaient affaissées. Ses joues étaient creusées. Envolés. Rose et Joseph n'étaient pas chez eux, et pas davantage à l'ambassade, qui avait été vidée.

— Je les ai perdus. J'ai assisté à l'embuscade de l'autre soir. Tout est de ma faute, je suis désolé.

— Non, Daniel. Ce n'est pas votre faute. Ce n'est pas vous qui vous promenez avec des machettes et des fusils pour assassiner vos compatriotes, répondit la journaliste.

— Je connais celui qui vous a menacés, Laurent Gasana. S'il vous était arrivé quoi que ce soit, je ne me le serais jamais pardonné.

Deux ambulances venaient de déposer de nouvelles civières. Ils s'interrompirent, regardèrent les blessés passer. Hervé donna des instructions.

— Notre maison était vide, et l'ambassade aussi. Comme je n'ai pas pu monter en voiture avec vous, je suis rentré chez moi pour me reposer quelques heures. J'ai espéré que Rose arriverait, qu'elle serait avec Joseph. À mon réveil, j'ai tenté de rejoindre la Croix-Rouge, mais les rues étaient trop agitées, les hommes de la veille rôdaient, certains d'entre eux me connaissent, j'ai eu le sentiment à plusieurs reprises d'être suivi. Par chance, j'ai pu profiter d'une accalmie et j'ai atteint les bureaux de la délégation à pied. J'y ai retrouvé Hervé, que je connais depuis longtemps. Il m'a expliqué que le CICR avait ouvert un hôpital de campagne, il a accepté de m'y accompagner.

— Daniel voulait avoir des nouvelles des petites filles, intervint Hervé. Il voulait aussi savoir si vous étiez passés.

— Je suis un peu gêné, dit Daniel, mais il faudrait que je récupère la jeep. Je dois continuer de chercher ma femme et mon fils.

— Vous n'avez pas à être gêné. Bien sûr. Elle est restée à l'hôtel, nous avons été emmenés jusqu'ici dans un véhicule de l'ONU. Allons rendre une petite visite aux filles et nous irons la récupérer, dit Benjamin.

Hervé les guida d'un pas rapide. Ils traversèrent quelques pièces ; les blessés étaient plus nombreux encore que lors de leur précédente visite. Les patients les regardaient passer. L'attente, toujours l'attente.

Ils s'approchèrent du lit sur lequel étaient étendues les deux fillettes. Les autres ne tarderaient pas à se demander pourquoi elles bénéficiaient de tant d'attention. Elles dormaient en se tenant la main.

L'officier des Nations unies qui avait accompagné les journalistes fit irruption. Les soldats avaient reçu l'ordre de regagner leur quartier général, ils les priaient de les rejoindre afin qu'ils les escortent jusqu'à leur hôtel. Benjamin interrogea Sacha du regard. Il n'était pas possible de circuler sans escorte, mais la journaliste n'avait pas eu le temps d'interviewer Hervé. Celui-ci décréta qu'il les déposerait plus tard à l'hôtel.

Un murmure fendit le silence. Au début, ils n'y avaient pas prêté attention. Mais le mince filet de voix s'accentua. Les journalistes et le médecin se retournèrent. Un enfant, le pied bandé, s'était redressé sur le lit qu'il occupait. Il regardait dans leur direction.

— Papa ?

Daniel n'osa pas tourner le visage, redoutant que sa voix ne soit pas la sienne, que ses traits ne soient pas les siens, que sa main, finalement, ne puisse pas caresser ses cheveux d'enfant. La méprise était la meilleure alliée de l'espoir, il fallait s'en méfier. L'appel était devenu un cri. La supplique se brisa, des sanglots obstruèrent la voix du petit, qui ne comprenait pas pourquoi son père ne se retournait pas, qui ne comprenait pas que Daniel craignait plus que tout au monde de s'être trompé. Les larmes jaillirent, incontrôlées. L'homme, depuis de longs jours, avait enfoui les mots en lui. Sacha lui posa la main sur le bras et, de sa voix la plus douce, la plus calme, lui dit :

— Daniel, je crois qu'il est l'heure de retrouver votre enfant.

Lentement, sans lâcher le barreau de la fenêtre auquel il s'était agrippé – une déception l'aurait sûrement fait tomber –, Daniel posa les yeux sur son fils. Dans ces yeux, il vit briller le regard de Rose, il entrevit une existence qui avait chaviré. Il entrevit le bonheur, à nouveau. Avec toute la force d'un père en ces instants, il courut et serra Joseph dans ses bras.

***

— Compte tenu des effusions auxquelles j'ai assisté, je pense que je vais vous dispenser de présenter un document officiel prouvant le lien familial, lança le docteur à Daniel en souriant.

— Merci, docteur, reprit Daniel. Merci infiniment de vous être occupé de lui.

— Nous nous en sommes occupés comme nous nous occupons de chaque patient qui nous est remis : du mieux que nous pouvons.

Daniel n'osait pas questionner Joseph sur son arrivée à l'hôpital. Sur sa mère. Il était si jeune. L'enfant s'était endormi contre lui. Ses bras ne parvenaient pas à faire le tour du corps de son père. Celui-ci passa une main sur le bandage qui enserrait sa cheville, tenta d'observer la plaie qui avait été ainsi pansée puis se tourna de nouveau vers le docteur, qui répondit tout bas.

— Votre fils a été très courageux, Daniel. Il a été retrouvé à même le sol, en pleine nuit, à proximité de l'ambassade de France, par l'une des sœurs de la paroisse qui jouxte l'école. Elle l'a emmené. Il avait plu, longuement, ce soir-là. Il était trempé.

— Il a été blessé au pied ?

— Je suis désolé d'avoir à vous le dire dans ces conditions mais le tendon de sa cheville droite a été sectionné. On a vu des dizaines de cas comme celui-ci. On a fait ce qu'on a pu, mais sans une chirurgie plus fine ou, disons, moins « court-termiste » que celle que nous pratiquons ici...

— Le tendon pourra difficilement être reconstitué, compléta Daniel.

— Exactement. Et vous connaissez la suite.

— Il risque de ne plus pouvoir marcher.

— C'est compliqué à affirmer de manière définitive. En l'état actuel des choses, de l'équipement, du manque de temps, on ne pourra pas faire mieux.

— La sœur qui vous l'a amené, docteur… Comment puis-je la voir ? Elle doit savoir où se trouve Rose !

Le docteur posa une main sur l'épaule de Daniel.

— Je regrette, mais la première chose que nous demandons à celles et à ceux qui ont la bonté de porter jusqu'à nous des blessés de cet âge, c'est si des personnes majeures se trouvaient à proximité de l'enfant. Je me souviens parfaitement de l'arrivée de Joseph à l'hôpital, et la sœur était catégorique : elle n'avait vu aucun adulte auprès de votre fils.

Tout se bousculait en lui. Comment et pour quelle raison Joseph avait-il été recueilli seul, en pleine nuit, blessé à la cheville ? Qu'avait-il pu arriver à Rose, à la mère de cet enfant qu'elle aimait plus que tout au monde, pour que Joseph se retrouve ainsi livré à lui-même ? Il tenait son garçon endormi, serré entre ses bras, il aurait voulu que cet instant ne s'arrête jamais. Mais il devait retrouver Rose. Elle était vivante, il en était convaincu. Il fit part de ses intentions au médecin, qui ne put réprimer une moue.

— Libre à vous de partir à la recherche de votre femme, mais je vous recommande de laisser Joseph ici. Il sera en sécurité. Plus que dans une voiture en tout cas, et alors qu'il n'est même pas en état de marcher.

— Je viens le chercher dès que j'ai retrouvé sa mère. Je vous serai éternellement reconnaissant pour votre aide.

Il installa Joseph sur son lit d'hôpital. Le garçon ne se réveilla pas. Il déposa un baiser sur son front, rabattit le drap sur son enfant, pour le protéger des courants d'air.

— Ramène-la, Daniel, lui dit Benjamin. Ramène-la. Tant que nous sommes à Kigali, nous viendrons prendre des nouvelles de ton fils, nous assurer qu'il se porte bien. Mais toi, ramène-la.

Il s'était mis à le tutoyer. Pourquoi maintenir une distance lorsqu'on est si proches ? Sacha constata que pour la première fois depuis leur arrivée au Rwanda Daniel et eux n'étaient plus liés par aucun arrangement, aucun échange de services. Leur demande d'interview de Kagame avait été adressée de manière formelle à l'état-major du FPR, ils devaient le rencontrer dans les jours suivants.

Sacha et Benjamin s'étaient attachés à cet homme à la carrure incassable, à la volonté inlassable. Tout comme à sa pudeur. Ils l'accompagnèrent vers la jeep, silencieux, résignés à l'idée de le laisser poursuivre sa recherche : on n'empêche pas un tel homme d'aller au bout de sa quête. Ils eurent pourtant le sentiment de l'abandonner.

Hervé les suivait. La lumière de cette fin du jour était douce, orangée. L'air était frais. La première chose qui frappa Sacha, avant le sifflement des balles, avant les cris des hommes, ce fut la main de

Daniel laissant s'échapper les clés de la jeep. Elles touchèrent le sol, soulevèrent un peu de terre. Ses yeux se fixèrent un instant sur le trousseau. Puis le corps de Daniel tomba à la renverse, d'extrême justesse retenu par Benjamin.

Le photographe flancha sous la masse de l'homme.

— Daniel ! hurla Sacha.

Benjamin tenta de le tirer vers l'intérieur de l'école pour le mettre à l'abri. Sacha s'empressa de l'aider, le bras en travers du visage, pour se protéger. Hervé venait de se précipiter à l'extérieur, les mains en l'air. Il ordonna de mettre Daniel à l'abri, à l'intérieur de l'école.

Face à eux se tenait le milicien qui avait menacé les journalistes et les casques bleus, le soir de leur retour à Kigali.

— De quel droit osez-vous tirer sur un hôpital de la Croix-Rouge ? Qui êtes-vous ? hurla Hervé.

— Docteur, la Croix-Rouge héberge ici des *inyenzi*.

— La Croix-Rouge porte assistance aux blessés qui ont besoin d'elle. Je vous le répète : qui êtes-vous ?

Le rouge brûlait les joues du médecin. Le milicien poursuivit son chemin en direction de l'école. En passant au niveau d'Hervé, il le bouscula.

— Je vous défends d'approcher davantage, hurla Hervé, qui s'interposa. Une dernière fois : qui êtes-vous ?

— Je m'appelle Laurent Gasana. J'ai pour mission de chasser les infiltrés, les membres du FPR. Voilà plusieurs jours que je voyais cet homme rôder. Je le connais bien. J'ai cru l'apercevoir entrant chez vous, j'ai attendu sa sortie. Je ne m'étais pas trompé. Ne protégez pas les infiltrés, docteur, ce sont des traîtres. Ne les protégez pas !

— Je ne sais pas qui vous êtes, finit par dire Hervé, mais je ne manquerai pas de rapporter aux officiels de votre gouvernement que je connais bien qu'un certain Laurent Gasana ouvre le feu sur l'hôpital de campagne de la Croix-Rouge !

Le milicien s'arrêta. Il jaugea le médecin.

— Comme bon vous semble, docteur. Pour ma part, j'ai rempli mon devoir. Mais ne donnez pas asile aux traîtres. Nous sommes ici pour veiller à la sécurité du Rwanda.

Laurent Gasana fit demi-tour, retourna à son pick-up. Il démarra.

Ni Hervé ni aucun autre médecin ne revirent le milicien.

***

Deux infirmiers accoururent à l'entrée de l'hôpital, alertés par les coups de feu. Avec l'aide de Benjamin, ils hissèrent Daniel sur une civière, se dirigèrent vers le bloc opératoire à travers les couloirs silencieux. Une grosse tache de sang s'élargissait sur sa chemise, au niveau de l'abdomen. Une seconde balle l'avait atteint à l'épaule droite.

Sacha lui tenait la main.

— Sacha, promets-moi quelque chose, parvint à dire Daniel.

Il ne devait pas faire d'efforts, les médecins allaient s'occuper de lui, Sacha était certaine que tout irait bien, ils se trouvaient dans un hôpital, après tout. Le flot de ses paroles traduisait sa propre détresse. Daniel serra la paume de la journaliste, elle se tut. Il rassembla ses forces. Sa voix était déterminée. Il se redressa légèrement, avec difficulté.

— Sacha, prends Joseph avec toi. Je t'en supplie, prends-le à Paris ! Lui aussi sera perdu si vous le laissez là.

Sacha serra la main de Daniel du plus fort qu'elle put.

— Je te le promets.

Ils venaient d'arriver à l'entrée du bloc opératoire ; l'accès leur fut refusé.

Hervé accourut. Il passa devant eux sans un mot.

12

C'est en avril 1994 que j'ai tenu ma promesse. J'ai réussi à joindre Frédéric Larrieu grâce à l'Inmarsat, et j'ai eu l'autorisation de monter dans l'un des avions qui emportaient les troupes de la Minuar loin du Rwanda. L'Hercules de la honte. Des dizaines de milliers de personnes avaient été assassinées.

Pourtant, je suis dedans. Et grâce à l'intervention de mon ami, Joseph est avec moi. Frédéric m'a dit qu'il m'aiderait pour les formalités. Joseph a eu l'air d'aimer l'avion, il n'avait pas peur. Il avait le pied et la cheville bandés. Tout était allé si vite.

Après avoir contemplé le paysage à travers le hublot, il m'a demandé, en français :

— Ils sont où, Papa et Maman ?

Je l'ai regardé. Je ne savais pas répondre aux questions d'un enfant. Il a dû comprendre que j'étais désemparée, il est venu à mon secours, il a continué :

— Le docteur, il a dit qu'ils n'existent plus.

J'ai songé qu'il y était allé un peu fort, le docteur. Je lui ai répondu :
— Tu sais, notre corps, c'est comme une machine. Quand on naît, il fonctionne bien, très bien même. Mais avec le temps, quand on vieillit, il arrive qu'il y ait de petits tracas, que la machine fonctionne de moins en moins bien. Quand elle est trop fatiguée, alors elle casse, elle s'arrête. Ça arrive à tout le monde. Parfois ça arrive un peu trop tôt. Même beaucoup trop tôt.
Je n'allais pas lui parler de ce que nous avions vu, de ce que ses parents avaient vécu, de la vague qui avait submergé son pays. Savait-il seulement ce qu'était un pays ? Lui, il me regardait comme s'il découvrait un monde.
— Et quand ça casse, la machine elle existe plus ? m'a-t-il demandé.
— Quand ça casse, le corps continue quand même d'exister. La personne s'endort, elle dort très longtemps et, en fait, elle ne se réveille pas. Mais certains disent que son âme – son âme, c'est tout le beau qu'il y a en elle – monte vers le ciel.
Joseph a ouvert grand les yeux, je n'ai jamais vu sa mère qu'en photo, mais à cet instant précis il était aussi beau qu'elle, elle vivait en lui. Et il m'a demandé :
— Quand elle monte vers le ciel, elle retrouve les ballons ?
Moi, je ne savais vraiment pas répondre aux questions d'un petit garçon. Alors je lui ai demandé :

— Mais quels ballons, Joseph ?
Avec cette forme d'évidence que dissimulent les enfants au creux de leurs phrases, il m'a dit :
— Les ballons de Paris ! Les ballons qui s'envolent dans le ciel !
Et je me suis souvenue de l'histoire que nous avait racontée Daniel, dans la jeep. La photo que Rose avait prise à Paris. Chez moi, à l'intérieur, c'était devenu trop fragile, tout était fêlé. Et je lui ai dit :
— Oui, Joseph. Les âmes rencontrent sûrement les ballons dans le ciel.
Il a souri. Il avait l'air soulagé. Il a posé sa tête sur mon épaule, il s'est endormi.
Daniel, Rose, je pense que vous ne lirez jamais ces lignes. Mais croyez-moi, je vous en prie, croyez-moi, il ne m'a pas vue pleurer.

13

Un matin du printemps 2017, à la terrasse du café Charlot, Sacha tenait le carnet de Rose entre ses mains. La lettre qui l'accompagnait lui était adressée.

Madame,

J'ai longuement hésité. Dois-je vous appeler « madame », ou peut-être « Sacha », ou peut-être « amie » ? J'ai opté pour « madame », mais je ne suis pas satisfaite. Cela ne traduit pas la gratitude infinie que j'éprouve à votre égard. Je n'ose pas de terme plus familier et la honte se lit sur mon front. Je suis votre obligée.

Au printemps 1994, mes jambes ont su me porter de longues semaines. Je suis restée terrée, tapie, enfouie. Chaque minute, une éternité. Chaque heure, un éloignement supplémentaire de mon mari, du fils que j'aimais tant.

Des années durant, je me suis demandé s'il n'eût pas mieux valu que nous nous couchions tous les trois, à attendre ensemble que la faucheuse frappe à la porte. À quoi bon vivre, lorsqu'il ne vous reste rien ?

Avec la reprise de la capitale par le FPR, j'ai pu regagner Kigali. Nous étions quelques-uns à avoir survécu ensemble. Des gens de tous les âges marchaient dans toutes les directions. En trois mois, notre pays s'était suicidé.

La ville était dévastée. Je me suis dirigée vers la maison, vers l'ambassade. Au début, je n'ai pas eu le courage d'aller voir de l'autre côté du mur, à l'endroit où j'avais jeté mon enfant. Vingt ans plus tard, ma main de mère tremble d'écrire « à l'endroit où j'avais jeté mon enfant ».

Rien. Il n'y avait rien ni personne. J'avais pourtant fondé tant d'espoirs sur ce retour.

Je me suis allongée. Le ventre en vrac. L'hiver dans mon cœur.

J'ai attendu. J'ai même espéré. Nous avions tant à vivre. Rien. Personne n'est jamais venu.

L'attente brûle comme un feu en vous. Et le désir a ceci de terrible que lorsqu'il n'est pas comblé, il vous consume. Je n'ai plus supporté d'espérer. Mon corps ne tolérait plus cette solitude. Les heures du jour et de la nuit se mêlaient, je n'avais plus aucun repère.

Je suis sortie. Dehors, une pellicule de rosée s'était déposée, le végétal brillait. Et c'est alors que j'ai remarqué la fleur gravée sur la porte de la maison. Si elle s'y trouvait, c'est qu'il était venu me chercher. Plus tard, cette même journée, j'ai tenté d'interroger les gens qui passaient à proximité de l'ambassade de

France, je leur montrais les photos de mes hommes perdus. Personne n'avait vu mon fils, personne n'avait vu Daniel. J'ai pensé qu'ils avaient été engloutis. J'ai espéré qu'ils n'avaient pas souffert. C'était devenu ma seule obsession.

Mais il était venu nous chercher, et c'est comme si la rosée s'était posée en moi.

J'avais décidé que je ne me remettrais pas au service de l'ambassade.

L'avilissement aussi a ses limites.

J'ai emporté quelques photos que j'avais prises après la naissance de Joseph. Pour ne pas oublier. On n'oublie jamais mais, autrement, comment se remémorer l'éclat de son sourire, la goutte sous l'œil de Daniel ?

Et j'ai fait ce que j'avais appris à faire ces derniers mois : j'ai marché. Avant de partir, les habitants du Rwanda avaient été éparpillés. L'image d'une fourmilière sur laquelle des litres d'eau brûlante auraient été versés m'a traversé l'esprit. Des millions de réfugiés, d'assassins, de survivants se mêlaient dans les camps, parcouraient les routes. Certains revenaient chez eux, retrouvaient leur maison ; il était difficile de dire qu'ils retrouvaient un foyer. En pensant à Agathe, j'ai pris la direction du Sud. J'ai mis une dizaine de jours à rejoindre Butare.

J'ai toqué à la porte de mon amie. Elle a ouvert, je me tenais là. C'était la première fois que je voyais un visage familier depuis des mois. Nous sommes restées là, à nous dévisager. Puis elle m'a prise dans ses bras. Elle m'a serré si fort que mon corps garde la marque de son étreinte.

J'ai dormi de longues heures.

Elle m'a nourrie. Elle a fait de moi un être humain. Je crois pouvoir dire qu'elle m'a sauvée.

Quelques années après, Agathe m'a révélé qu'elle avait été contrainte de fuir Butare, à la fin du génocide, pour échapper aux hommes qui la forçaient à prendre part aux tueries. On lui avait tendu une machette, elle avait refusé de la lever. Elle aussi avait dû se cacher.

À mon réveil, elle me raconta que Daniel était venu dans les premiers jours d'avril.

Il était persuadé que Joseph et moi étions à Butare.

À ce moment-là, j'ai compris mon erreur. Ma tragique erreur. Ma faute. Nous devions effectivement venir à Butare, mais Joseph était malade. J'avais annulé mon voyage, sans prévenir Daniel. Aurais-je seulement pu partir ? Combien de rendez-vous manqués, ce printemps-là, au Rwanda ?

Elle me fit descendre, nous contournâmes la porte de l'immeuble. La rose était là aussi gravée dans le mur. Elle me dit qu'elle l'avait remarquée bien après le passage de Daniel, mais qu'elle s'était immédiatement souvenue du tracé si particulier de la fleur.

Depuis, partout où je vais, j'ouvre les yeux. En vingt ans, j'ai vu des roses gravées à proximité de l'université et de la préfecture de Butare. J'en ai vu à Ngoma, à Gikongoro, à Kibuye. À côté de l'église d'Hanika. Sur le mont Kigali. Au siège de la Croix-Rouge. Là où il est allé.

Chaque fleur a provoqué en moi une rosée. L'incendie jamais ne s'éteindra. Mais les flammes ont cessé de virevolter. Seules persistaient les braises, la honte.

Les années ont passé. Je me suis installée à Butare. J'ai pu rejoindre Agathe à la bibliothèque de l'université. J'y trie des livres, des journaux. Je réponds aux questions des étudiants, toujours sur un papier. J'ai bonne mémoire, j'ai lu énormément.

Quelques mois plus tard, Agathe m'a tendu le supplément magazine du *Temps*, qui paraît avec le quotidien chaque samedi, nous venions de le recevoir. Elle m'a demandé de m'asseoir avant de le lire. J'y ai vu la photo de vous, à New York, chez vos parents. Joseph se tenait sur vos genoux. Sur les genoux d'une mère qui n'était pas la sienne. Une autre, qui avait su le sauver, elle. L'article racontait votre histoire, l'histoire miraculeuse de la correspondante du *Temps* qui était rentrée de Kigali avec les troupes de l'ONU, un enfant qui n'était pas à elle entre les bras, après la promesse qu'elle avait faite à son père, abattu sous ses yeux. L'article vous citait, je me souviendrai toujours de cette phrase : « Je n'ai pas réfléchi. J'ai fait une promesse, j'étais devenue un acteur de l'histoire que j'étais censée raconter, je l'ai tenue. »

Je ne sais quels mots traduisent ce que j'ai ressenti. Mon fils était vivant. Il était loin, mais il était vivant. Depuis, alors que le vide m'enserre, que Joseph n'est pas ici, il m'est arrivé en rêve de l'enlacer, de caresser sa joue.

J'ai voulu tout savoir de vous. Qui vous étiez, ce que vous faisiez. J'ai recherché tous vos articles, j'ai lu tout ce que vous aviez écrit. Aujourd'hui encore, je lis chacune de vos critiques. Je connais par cœur celle qui s'intitule « C'est en avril 1994 que j'ai mangé mon premier riz au lait ». J'ai présumé que vos lecteurs ne savaient pas pourquoi vous vous étiez consacrée à la cuisine. Moi, je sais.

Des années, j'ai espéré lire sous votre plume l'histoire de mon fils, la fin de mon mari. Des mois durant, Agathe me suppliait : « Écris-lui, va la voir, retrouve Joseph ! S'il apprend que sa mère est vivante, il voudra vivre auprès d'elle ! » J'ai refusé, je lui ai fait faire la promesse que jamais elle ne révélerait à qui que ce soit que c'était mon fils. Je l'avais jeté.

Je vous le disais, restait la honte. Je ne voulais pas qu'il grandisse à travers elle.

Les larmes se sont taries. Les années ont passé. Parfois, j'ai cru devenir folle.

Reste le hasard des hommes. Lui aussi a perdu tout ce qu'il avait pendant le génocide. Il est le seul à me comprendre, ses gestes sont délicats, patients.

J'ai cru, au début, tromper Daniel. Et Agathe m'a dit : « Rose, cela fait plus de quinze ans. Daniel aurait voulu te savoir heureuse. C'est à son âme que tu dois être fidèle. »

Au bout de quelques années, il s'est passé quelque chose que je croyais impossible. Vous lirez ce carnet, vous comprendrez ce que nous avons vécu. Le printemps 1994 s'est abattu sur moi comme la foudre. Mais reste la magie du monde, la grâce du temps.

Jamais je n'aurais pensé qu'il me serait possible, à nouveau, d'enfanter.

Les vertiges du début étaient trompeurs, fixée que j'étais à l'idée qu'une grossesse ne pouvait pas s'envisager. Mais il fallait se rendre à l'évidence. Mon ventre, que je croyais broyé, venait de contredire l'impossible. Et les sensations vécues m'ont replongée dans la grossesse de Joseph.

Vingt ans auparavant, je n'avais pas su le protéger. Quelle mère avais-je été ? Et voilà que malgré la blessure, malgré les années, mon corps semblait de nouveau donner la vie. J'ai éprouvé un sentiment de fierté, une bouffée d'orgueil. Surtout, je me suis sentie prête à me tenir devant mon fils et à lui demander pardon. C'est sûrement ridicule à dire, mais la honte venait de s'estomper. J'étais à nouveau capable de quelque chose, de quelque chose de bien.

Je ne sais pas si un jour, l'espace d'un instant, vous me comprendrez.

Vous avez passé davantage de temps aux côtés de Joseph que sa propre mère.

Je ne sais pas quel jeune homme il est devenu, mais je suis persuadée qu'il est quelqu'un de bien ; c'est grâce à vous.

Accepteriez-vous de lui remettre la photo que je glisse dans ce carnet ?

Enfant, il l'aimait tant.

S'il ne m'en veut pas, j'aimerais qu'il me connaisse à nouveau.

S'il ne m'en veut pas, j'aimerais le serrer contre mon cœur une nouvelle fois.

À vous, madame, Sacha, amie.

Dieu était si absent de nos collines lors de ce printemps que je lui avais retiré ma confiance. Mais je bénis le ciel depuis vingt ans, chaque matin, à l'heure où les rêves s'estompent, et chaque soir, à l'heure où mes yeux se ferment, pour avoir fait entrer mon enfant dans votre vie.

Rose

Sacha contempla la photo qui accompagnait le carnet de Rose. Sur la place du Panthéon, à Paris, un homme levait le bras vers une grappe de ballons dont l'attache s'était ouverte.

14

L'entretien que Sacha donna depuis New York au supplément du *Temps* fut son seul et unique témoignage. Les images des tueries avaient commencé à se répandre en Occident quelques jours avant son retour de Kigali. On comprit qu'elle avait assisté à l'effroyable. Puis vint le moment où le terme de « génocide » fut employé par le Conseil de sécurité de l'ONU. Combien de temps avait-il fallu à ses membres pour nommer l'indicible, soulignant de fait l'impuissance des mécanismes internationaux dont ils étaient les garants ? De la blessure ineffaçable que son passage au Rwanda avait provoquée, elle ne s'ouvrit jamais auprès de ses proches. Ils la questionnèrent pourtant des centaines de fois, s'inquiétèrent pour elle, la pressèrent de raconter, de se livrer. Les témoins aussi devaient être aidés, leur parole devait être libérée. Peut-être accepterait-elle d'écrire, d'intervenir à l'occasion des documentaires consacrés à la période, d'évoquer son travail de grand reporter ? Les sollicitations furent vaines, elle avait dressé autour de ce printemps de hauts murs de silence.

Une fois seulement, cette retenue s'estompa. Sacha griffonnait une ébauche de critique sur la nappe d'un bistrot de la rue de Seine, on la voyait parfois quitter les établissements qu'elle visitait, une large bande de papier gaufré entre les mains. Elle venait d'achever un déjeuner épatant, terrine de volaille et fondue d'échalotes, caille farcie et salade de girolles, tartelette aux figues. Un homme vint s'asseoir en face d'elle. Elle ne le remit pas immédiatement, il lui fallait de longues secondes pour reconnaître les gens en dehors de leur contexte. Le directeur de l'hôpital de campagne de la Croix-Rouge lui sourit : il avait déjeuné à quelques mètres d'elle, l'avait aperçue en se levant. Hervé.

Ils échangèrent des banalités, il se tenait debout devant la journaliste, elle ne souhaitait ni s'attarder ni s'épancher. Surtout ne pas craquer. Il faillit prendre congé, elle pensa à Daniel, elle se ravisa.

— Voulez-vous savoir comment se porte Joseph ?

Elle l'invita à s'installer. Le patron leur servit un café, puis deux, puis trois. Ils restèrent jusqu'au dîner.

Elle savait que Daniel avait succombé à ses blessures dans les heures qui avaient suivi la fusillade. Le médecin lui dit combien il s'était accroché. Hervé lui apprit que les deux jeunes filles retrouvées dans l'église s'en étaient tirées, il les avait revues quelques mois plus tard dans une école de Kigali.

— Savez-vous comment elles s'appelaient ? demanda Sacha.

— Anne et Honorine.

Connaître leurs prénoms procura à la journaliste un sentiment de bien-être insaisissable.

Elle se laissa aller, ce fut la seule fois.

Leur avion atterrit sur la piste de l'aéroport international de Kigali un après-midi d'été. Joseph avait tenu à ce que Sacha l'accompagne. Elle n'avait jamais remis les pieds en Afrique.

Vingt ans plus tôt, Sacha était convaincue de ne pas être à la hauteur, qu'elle ne saurait pas s'y prendre. Joseph avait grandi à New York, chez ses parents. Elle leur avait demandé de l'accueillir comme un service, ils l'avaient aimé comme un petit-fils. C'était sa manière à elle de faire un pas en arrière, de rester maître de sa propre histoire. Elle avait tenu sa promesse à Daniel : Joseph vivait en sécurité. Chaque mois, ou presque, depuis vingt ans, elle allait aux États-Unis pour leur rendre visite. Pas un seul jour n'était passé sans qu'elle lui parle au téléphone.

À New York, le garçon fut soigné. Deux séjours à l'hôpital permirent aux médecins de reconstituer son tendon. Joseph marchait, courait ; personne n'aurait pu deviner la blessure de son enfance.

Par touches successives, au fil des ans, Sacha lui raconta l'histoire de Rose et de Daniel. Du moins, ce qu'elle avait retenu de ses échanges avec lui. Un jour, elle lui dit :

— L'histoire de tes parents, c'est l'histoire de l'amour.

Joseph n'avait jamais souhaité se rendre au Rwanda. Il avait conservé une méfiance, une distance. Sa vie était à New York ; ses parents vivaient en lui, d'eux, il avait gardé, disait-il, l'essence.

Lorsqu'il avait interrogé Sacha sur la manière dont Rose était entrée en contact avec elle, la journaliste révéla l'existence du carnet de sa mère. Elle refusa pourtant de le lui montrer, arguant que c'était à Rose de décider si ses lettres pouvaient être lues par son fils. Elle lui remit la photo.

Dans l'avion, la journaliste s'assoupit. Joseph n'hésita pas longtemps. Il fouilla dans le sac de Sacha, en sortit le carnet. Il le lut avec la distance du jeune homme qui avait quitté le Rwanda vingt ans plus tôt. Il le lut avec les yeux du fils qui avait été sauvé. Il revit le moment où sa mère l'avait saisi. Il ressentit la douleur de la chute de l'autre côté du mur d'enceinte de l'ambassade, le déchirement de l'incompréhension. Les pages firent s'ouvrir en lui un abîme qu'il croyait refermé.

Sacha et lui entrèrent dans l'aérogare de Kigali. Le terminal était flambant neuf. Des publicités vantaient les mérites du parc de l'Akagera, où il était possible d'admirer lions, rhinocéros, éléphants. D'autres évoquaient le Parc national des volcans et ses gorilles. Des banques, des assurances. Un terminal d'aéroport.

Ils étaient arrivés en fin de journée. Ils décidèrent de passer la soirée à Kigali ; ils se rendraient à Butare le lendemain. Sacha avait déduit de la lettre de Rose qu'elle devait se trouver dans la journée à la bibliothèque de l'université. Ils ne l'avaient pas prévenue de leur arrivée. « Je veux pouvoir l'observer avant », avait dit Joseph.

Les rues qu'ils empruntèrent étaient sereines, parfaitement propres. La circulation était fluide. Des immeubles de bureaux avaient poussé, le taxi qui les transportait passa devant un centre commercial impressionnant. La 4G, le WiFi partout. Un vent de fraîcheur soufflait. La jeunesse brillait. La vie battait son plein. L'ivresse des temps nouveaux.

Ils passèrent la soirée et la nuit chez Lando. L'hôtel était désormais dirigé par sa sœur. Sacha reconnut la touche sucrée de la réception. Les basses maisons de brique rouge avaient été rénovées. Le lieu avait conservé son charme. Elle eut la sensation de pousser la porte d'un jardin abrité du monde. La nature qui l'entourait était luxuriante. Les brochettes qu'ils y mangèrent furent excellentes.

Ils prièrent leur chauffeur de taxi de venir les y prendre le lendemain. Ils atteignirent Butare en moins de trois heures. Le contraste entre passé et présent qu'elle avait ressenti à Kigali était moins net dans cette ville du Sud. Elle se remémora le préfet, le dîner clandestin dans son bureau avec les délégués de la Croix-Rouge. L'expression de défaite sur le visage de Daniel qui leur annonçait que Rose et Joseph n'étaient pas en ville. La mélancolie l'étreignit.

Le véhicule roula jusqu'à l'entrée de l'université. Sacha régla la course. La façade du bâtiment principal était élégante, sobre. Des annexes bien plus modernes la flanquaient. Ils se renseignèrent auprès d'étudiants affables qui les guidèrent. Joseph saisit la main de Sacha tandis qu'ils marchaient. Lorsqu'ils aperçurent le bandeau « Bibliothèque » au-dessus d'une porte vitrée, le jeune homme dit à Sacha :

— J'ai lu les lettres. J'ai lu tout son carnet.

La journaliste s'arrêta, les yeux grands ouverts. Elle voulut lui faire des reproches, manqua de s'emporter. Elle avait acquis quelques réflexes maternels, malgré tout. Joseph ignora le regard, enchaîna :

— Pourquoi s'en est-elle voulu tout ce temps alors qu'elle m'a sauvé ?

Pour toute réponse, il entendit le bruit sourd d'un objet qui heurte le sol. Un livre, peut-être deux. Face à eux, à quelques mètres, se tenait une femme sur laquelle l'empreinte du temps semblait ne jamais s'être posée. Sacha l'avait vue en photo ; le meilleur objectif n'aurait su traduire trait pour trait l'éclat de ce visage, de ces grands yeux. La beauté de Rose.

Ils restèrent un instant à se dévisager. Joseph parut se souvenir de sa mère, de celle qui malgré l'absence, malgré le châtiment qu'elle s'était infligé, n'avait jamais cessé d'être sa mère.

Sacha, elle, rentrerait. Elle continuerait d'écrire, de raconter les mouvements à l'œuvre au sein des grandes maisons de la cuisine française. Peut-être le sentiment de plénitude qu'elle vivait à l'instant la conduirait-il à revenir à ses premières amours. Elle en parlerait à Bernard Witz.

En attendant, elle contempla le beau jeune homme qu'était devenu Joseph. Il tenait les mains de Rose entre les siennes. Avec tendresse, il la prit dans ses bras.

La nuit tombait. Lorsqu'ils quittèrent le bâtiment, Sacha eut la sensation que jamais crépuscule d'un soir d'été n'avait été plus lumineux.

Précisions et remerciements

L'écriture de ce roman a démarré à l'issue d'un voyage au Rwanda, en 2006. J'ai une pensée particulière pour Thierry Sebaganwa, Annick Kayitesi-Jozan, Aline Kagoyire, Jeanne Uwimbabazi, Benja Rutabana, Damas Dukundane, pour Noam Levy et celles et ceux qui en faisaient partie. Peut-être suis-je parvenu à traduire ici et là quelques-unes des émotions qui, de manière individuelle ou collective, nous avaient alors assaillis.

Ce roman n'est pas un livre d'histoire et des pans entiers du génocide, qui s'est poursuivi bien au-delà de la date à laquelle les effectifs de la Minuar ont été réduits, n'ont pas été abordés. Deux éléments doivent être précisés :

1. Un massacre a bien eu lieu dans l'église de Hanika le lundi 11 avril 1994. Le roman n'aborde pas les circonstances exactes de ce drame pas plus que l'architecture réelle du bâtiment ni son environnement immédiat.

Cette paroisse a été choisie comme exemple des tueries qui ont émaillé le génocide dans ces lieux de prière.

2. Avant le génocide, le gouvernement du Rwanda s'est procuré des armes auprès de différents pays. Mon choix s'est porté sur l'Afrique du Sud car un grand nombre de journalistes s'y trouvaient afin de couvrir les premières élections post-apartheid.

L'historien Jacques Morel a relu la première partie du roman. Je le remercie pour ses observations et corrections minutieuses, détaillées.

La citation en page 200, « Ceux qui se sont adaptés à tout ont survécu, mais la majorité n'en a pas été capable et en est morte », est de Primo Levi.

« Elle est mon sol, il est mon ciel » est une (légère) adaptation des paroles de la chanson *Je ne vous parlerai pas d'elle* de Jean-Jacques Goldman.

Mes remerciements les plus sincères vont aux éditions Belfond pour leur confiance. Avoir pu travailler ce texte avec Céline Thoulouze est un privilège et le roman lui doit beaucoup. Merci également à Pauline Ferney, à Anne-Flore Lesur et à Marion Bello.

Il convient de rendre hommage à celles et ceux qui, lorsque le monde vacille, se trouvent si près de la faille pour le raconter. Un grand merci, donc, à

Annie Thomas, rédactrice en chef centrale de l'AFP, dépêchée au Rwanda en 1994 depuis le bureau de Nairobi où elle officiait comme correspondante. Nos échanges, sa disponibilité, les précisions qu'elle m'a données quant à la manière dont les journalistes travaillaient, circulaient, rendaient compte des événements du printemps 1994 au Rwanda ont – du moins, je l'espère – permis de conférer au roman une certaine authenticité. La phrase : « Le manque de chance est une faute professionnelle » (page 90) est d'elle.

J'ai la chance d'avoir bénéficié de la relecture méticuleuse du chef du palais de l'Élysée, Guillaume Gomez, à qui je dois, ainsi qu'à mon cher Lionel Choukroun, de précieux souvenirs (entre autres) gastronomiques mais également quelques sérieux enseignements s'agissant de la saisonnalité des produits et de l'exactitude des recettes évoquées dans ce texte.

À ma famille, Monique, Georges, Laura et Rebecca Smadja, pour l'amour de l'écrit et des livres, l'éveil à l'autre, les encouragements permanents, il n'existe qu'un mot : merci.

De nombreuses personnes ont relu le manuscrit de ce roman. Leurs commentaires, leurs corrections, la manière dont ils se sont souvent saisis du destin de Rose, Daniel, Sacha et Joseph, leurs conseils, leurs suggestions ont été d'une valeur inestimable. Je souhaite exprimer ma reconnaissance à Richard Odier (mon héros), Ève et Eytan Beckmann (à qui ce texte doit tant), Anne Vijoux, Léo Lanzarotti, Pauline et Benjamin Altmann, Laure Fargeon, Joy et Alexandre Sarfati, Nathan Levy, Jérémie Abessira, Rony Bendanoune, Ylan Assaraf, Anne Kaplan, Nadine, Lionel et Benjamin Rosenberg, Débora Dahan, Yael et Julien Wiegler, Sarah Barukh, Yosh Amishav, Alexandra Palacci, Bernard Abouaf, Jeanne Uwimbabazi.

Un merci particulier à mon grand frère, Michaël Boumendil.

À ma femme, pour sa tendresse, sa patience et ses encouragements, à nos enfants merveilleux, aux ballons dans le ciel de Paris : merci.

Éditions Belfond
12, avenue d'Italie
75013 Paris

Canada :
Interforum Canada, Inc.
1055, bd René-Lévesque-Est
Bureau 1100
Montréal, Québec, H2L 4S5

ISBN : 978-2-7144-8100-9
Dépôt légal : avril 2019

Composition et mise en pages
Nord Compo à Villeneuve-d'Ascq

FSC
www.fsc.org
MIXTE
Papier issu de sources responsables
FSC® C003309

Imprimé en France. - JOUVE, 1, rue du Docteur Sauvé, 53100 MAYENNE
N° 2866217X - Dépôt légal : mars 2019